Cathy Williams
Una noche… nueve meses

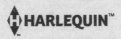

Editado por Harlequin Ibérica.
Una división de HarperCollins Ibérica, S.A.
Núñez de Balboa, 56
28001 Madrid

I.S.B.N.: 978-84-687-6739-0
Depósito legal: M-25823-2015
Impresión en CPI (Barcelona)
Fecha impresion para Argentina: 4.4.16
Distribuidor exclusivo para España: LOGISTA
Distribuidor para México: CODIPLYRSA
Distribuidores para Argentina: Interior, DGP, S.A. Alvarado 2118.
Cap. Fed./Buenos Aires y Gran Buenos Aires, VACCARO HNOS.

Capítulo 1

SUSIE supo que había cometido un grave error en cuanto entró en el restaurante. Un grave error que se sumaba a los otros tres graves errores que había cometido en las pasadas dos semanas. Cometer errores comenzaba a parecer una ocupación a plena jornada.

¿Cómo se le había ocurrido ponerse unos tacones altos? ¿Y por qué llevaba aquel absurdo bolso de lentejuelas que le había prestado una de sus amigas? ¿Y cómo había acabado con aquel diminuto vestido rojo que le había parecido tan sexy y glamuroso al probárselo pero que en aquellos momentos le parecía triste y desesperado?

Al menos había tenido el tino suficiente como para no caer en la tentación de comprar el extravagante abrigo que tanto le había gustado y en lugar de ello había optado por algo más sobrio, una capa negra que utilizó en aquellos momentos para ocultar todo lo posible aquel estúpido vestido rojo.

¿Qué debía hacer?, se preguntó, agobiada.

Su cita número cuatro estaba sentado ante la barra del bar. En un par de segundos volvería la mirada y la vería. Le había dicho que llevaría un vestido rojo. Era posible que la capa ocultara el vestido, ¿pero cuántas chicas solteras y solitarias más había allí en aquellos momentos? Ninguna.

La foto que había visto en la agencia había resultado prometedora, pero le bastó una mirada para comprobar que había sido una mentira cruel.

No era alto. Se notaba a pesar de que estaba sentado. Le colgaban los pies. No era rubio como un surfista y parecía veinte años mayor que en la fotografía. Además vestía una jersey amarillo brillante y unos pantalones color mostaza.

Debería haber charlado un poco con él por teléfono antes de acordar aquella cita. Debería haberse basado en algo más que en un par de mensajes ligones y un correo. Así habría podido intuir que era la clase de hombre que vestía jerséis amarillos y pantalones color mostaza. En lugar de ello, se había lanzado de lleno a la boca del lobo.

Se sintió repentinamente débil.

El local en el que se encontraba era un restaurante de moda caro y elegante. La gente tenía que esperar meses para conseguir una reserva. Ella había conseguido una gracias a que sus padres habían tenido que cancelar una cena en el último momento y le habían ofrecido ir en su lugar. Querían que les diera detalles sobre la comida que ofrecían.

–Llévate a algún amigo –le había sugerido su madre en el tono resignado con el que se había acostumbrado a hablarle–. Seguro que conoces a alguien que no esté en la ruina...

Con lo que se refería a algún hombre que tuviera un trabajo decente, a alguien que no se dedicara a tocar música en bares, o a actuar intermitentemente cuando salía algo, o a ahorrar para dar la vuelta al mundo y de paso visitar al Dalai Lama...

El mero hecho de que su cita número cuatro hubiera oído hablar de aquel lugar había sido un punto a su favor.

Una tonta suposición por su parte.

Su sentido del deber entró en conflicto con el impulso de darse la vuelta y salir corriendo de allí antes de que la localizaran. ¿Pero qué podría contarles a sus padres después sobre la experiencia? No se le daba nada bien mentir y su madre era especialista en detectar mentiras.

Sin embargo, ya sabía cuál iba a ser el resultado de aquello antes de empezar. Se quedarían sin conversación a los pocos minutos aunque ambos se sentirían obligados a seguir allí, al menos hasta los postres, que ambos rechazarían. Probablemente ella tendría que hacerse cargo de la cuenta, o él insistiría en que pagaran a medias, o calcularía exactamente qué había comido cada uno...

Insegura y deprimida al comprender que había vuelto a meterse en aquella situación una vez más, Susie miró en torno al abarrotado restaurante.

Había parejas y grupos por todas partes, excepto en el fondo. Sentado a la mejor mesa del lugar había un... un tipo...

El corazón de Susie dejó de latir un instante. Nunca en su vida había visto a alguien tan asombrosamente atractivo. Pelo negro brillante, una piel morena que revelaba alguna exótica ascendencia extranjera, rasgos perfectos... Aquel hombre debía de haber sido el primero en la cola cuando Dios se dedicó a repartir la belleza por el mundo.

Estaba sentado ante su portátil, totalmente ajeno a todo lo que lo rodeaba. Resultaba impresionante que fuera capaz de tener un ordenador abierto en la mesa de uno de los restaurantes más famosos de la ciudad. Y tampoco iba precisamente vestido de etiqueta. Llevaba unos vaqueros oscuros y un descolorido jersey negro de manga larga que revelaba un cuerpo esbelto y musculoso. Todo en él sugería que le daba igual dónde estaba o quién lo estuviera mirando, y había a su alrededor una invisible zona de exclusión que implicaba que nadie debía osar acercarse demasiado.

Aquel era la clase de hombre que debería haber encontrado en la sección de contactos, aunque, probablemente, él ni siquiera sabía lo que era esa sección. ¿Para qué iba a necesitarlo?

Y estaba solo.

La mesa no estaba lista para dos. Tenía una bebida ante sí, pero había apartado a un lado el plato y los cubiertos.

Susie respiró profundamente y se volvió hacia el maître, que se había acercado a ella para preguntarle si tenía mesa reservada.

—Estoy con... —Susie señaló al desconocido que se hallaba en la mesa del fondo y trató de sonreír desenfadadamente. Nunca había hecho nada parecido en su vida, pero, enfrentada a la funesta perspectiva de su cuarta cita, fue lo primero que se le ocurrió.

—¿Con el señor Burzi...?

—Exacto –contestó Susie, pensando que lo que más le habría gustado en aquellos momentos habría sido estar en casa comiendo una barra de chocolate y viendo tranquilamente la tele.

Pero lo cierto era que tampoco quería pasar otra tarde sola, escuchando lo que sus padres y su hermana llevaban tres años diciéndole... que tenía que buscar alguna dirección en su vida, que debería empezar a pensar en alguna profesión seria en lugar de pasarse el día pintando cuadros y dibujando personajes de cómic, que era muy afortunada por haber recibido la educación que había recibido y que debería aprovecharla al máximo. Aunque no fueran tan brutalmente sinceros, sabía leer entre líneas.

–¿El señor Burzi la está esperando, señorita...?

–¡Por supuesto! De no ser así, no lo habría mencionado, ¿no cree? –dijo Susie a la vez que se encaminaba con paso firme hacia la mesa del moreno y sexy desconocido, seguida de cerca por el maître.

Prácticamente chocó con la mesa al llegar, y notó que un par de penetrantes ojos negros se posaban en su cara mientras se sentaba.

–¿Pero qué...? ¿Quién es usted?

–Esta dama ha dicho que la estaba esperando, señor Burzi –explicó el maître.

–Lo siento mucho –dijo Susie precipitadamente–. Sé que probablemente lo estoy interrumpiendo, pero ¿podría concederme unos minutos? Me encuentro en una situación comprometida.

–Dígale dónde está la salida, Giorgio, y no vuelva a traer a nadie a mi mesa a menos que yo se lo haya dicho antes.

La voz del desconocido era profunda, oscura y aterciopelada, totalmente a juego con su aspecto.

Nada más terminar de hablar, volvió a centrar la mirada en el ordenador, ignorando a Susie.

Una mezcla de pánico e impotencia se adueñó de ella. No debería haberse dejado convencer por sus dos mejores amigas para meterse en aquel asunto de las citas. Pero la posibilidad de que fueran a echarla del restaurante como a una criminal fue demasiado para ella.

—Solo serán unos minutos. Necesito un lugar en el que sentarme unos momentos...

Cuando el hombre volvió a mirarla, Susie tuvo que hacer verdaderos esfuerzos para no quedarse boquiabierta, porque, de cerca, resultaba aún más guapo que de lejos. Sus ojos eran de un intenso azul marino y tenía unas pestañas largas, densas y oscuras... aunque su mirada era gélida.

—Eso no es problema mío. ¿Y cómo diablos ha averiguado que iba a estar aquí? —preguntó el desconocido con frialdad. Miró al maître, que, evidentemente nervioso, se estaba estrujando las manos—. Puede irse, Giorgio. Yo me libro de ella.

—¿Disculpe? —preguntó Susie, sin comprender.

—No tengo tiempo para esto. No sé cómo ha averiguado dónde estaba pero, ya que ha venido, deje que le aclare algo: sea lo que sea lo que pretende pedirme, ya puede ir olvidándolo. Mi empresa se ocupa de las donaciones para beneficencia. No hay donaciones de ningún otro tipo. La próxima vez que pretenda conseguir dinero, trate de ser más sutil. Le dejo elegir entre salir dignamente del restaurante o que la echen. ¿Qué prefiere?

Susie permaneció un momento perpleja.

—¿Me está acusando de haber venido aquí a pedirle

dinero? –preguntó finalmente, ruborizada a causa del enfado.

El hombre rio sin humor.

–Inteligente deducción. ¿Ha elegido ya cómo prefiere irse?

–No he venido aquí a pedirle dinero. Ni siquiera sé quién es usted.

–¿Por qué me cuesta creer eso?

–Atiéndame un momento, por favor. No tengo por costumbre acercarme a desconocidos en bares o restaurantes, pero le aseguro que solo será un momento. No he venido aquí en busca de su dinero –dijo Susie a la vez que apoyaba los codos en la mesa y se inclinaba hacia el hombre–. Y, por cierto, lo siento mucho por usted si no es capaz de hablar ni tres minutos con un desconocido sin esperar que vaya a pedirle dinero. Usted es la única persona que está sola en el restaurante y... y yo necesito un momento antes de que me lleven a mi mesa. Tengo hecha una reserva para comer. ¿Ve al tipo que esta sentado a la barra?

Sergio Burzi no podía creer lo que estaba escuchando. ¿De verdad acababa de decirle aquella mujer que lo sentía por él, o habría entendido mal?

–Hay varios hombres en la barra –contestó, convencido de que la mujer quería algo, y de que él era una presa muy deseable para las cazafortunas.

Además, estaba ligeramente hastiado del sexo opuesto. Le gustaban las mujeres inteligentes, decididas, con una profesión, con una meta en su vida, que no fueran pegajosas ni emocionalmente débiles y dependientes. Había estado con muchas mujeres en su vida, pero cada vez se sentía más aburrido del tema. Ni siquiera el proceso de conquista resultaba ya estimulante, y lo más habitual era que sus ligues acabaran aburriéndolo en pocos días.

Por tanto, ¿qué mal había en que permitiera que aquella mujer siguiera allí unos minutos más antes de librarse de ella? Estaba montando un numerito bastante espectacular y además era bastante atractiva. Grandes ojos marrones, pelo rubio rizado, labios carnosos, sensuales...

Sergio experimentó una punzada de pura lujuria. De pronto surgió en su mente una imagen muy realista de aquella melena rubia extendida sobre su almohada, del contraste de su piel morena con la delicada y pálida piel de aquella mujer.

Aquello simplemente demostraba lo abandonada que tenía su vida sexual últimamente. Ya hacía dos meses que había despedido a su última novia y no había tenido ni la energía ni las ganas de sustituirla.

Y, de pronto, aquella cazafortunas lo había excitado. Se apoyó contra el respaldo del asiento para aliviar un poco la presión que sentía en la braguera y centró su atención en ella.

—¿A cuál de ellos se refiere? ¿Y por qué debería mirarlo?

Susie se relajó un poco al ver que parecía dispuesto a escucharla.

—Jersey amarillo. Pantalones color mostaza. Pelo rubio arena. ¿Lo ve?

Sergio dirigió la mirada hacia la barra.

—Lo veo —Sergio estaba empezando a divertirse.

Vio por el rabillo del ojo que Giorgio contemplaba la mesa con verdadera ansiedad, dispuesto a entrar en acción en cuanto lo necesitara, pero Sergio negó levemente con la cabeza–. ¿Pero por qué quiere que me fije en él?

–Es mi cita a ciegas y estoy tratando de evitarlo. Lo encontré en una de esas páginas de citas de Internet –Susie se encogió de hombros con desánimo–. Se supone que es para gente menor de treinta años que busca una relación seria... pero es mentira. Nadie busca una relación seria. Me siento fatal ante la idea de dejar plantado al pobre Phil, pero no soporto la idea de pasar otra cita tratando de encontrar algo de qué hablar mientras los minutos pasan a ritmo de caracol...

Sergio se preguntó qué pasaría si la pusiera en evidencia acercándose al tipo del jersey amarillo para preguntarle si esperaba a alguien de una agencia de citas.

–Supongo que empezará a temer que lo haya dejado plantado –continuó Susie–. A mí no me gustaría nada que me dejaran plantada, pero me siento incapaz de enfrentarme a toda esa insulsa e inútil conversación...

–Pues no parece especialmente decepcionado. De hecho, parece estar charlando con una mujer mayor en la barra.

–¿Qué?

–Es rubia... va bien vestida... Sí, y parece que se van a ir juntos... –dijo Sergio, pensando que probablemente aquella era la cita original del tipo de amarillo.

–¡No puedo creerlo! Ya lo había dicho –dijo Susie con amargura–. Relaciones serias... ¡ja! Más bien se trata de aventuras de una noche –era posible que no hubiera tenido intención de seguir adelante con aquello, pero se sintió insultada por haber sido dejada de lado sin ni siquiera haber sido entrevistada para el trabajo–. Las citas a través de la red no son lo que se supone que son. Olvida esas fotos de parejas de ojos brillantes mirándose amorosamente mientras disfrutan de una cena romántica. Eso es solo propaganda. Mira mi cita. Ha sido incapaz de esperar unos minutos a que apareciera.

–Pensaba que trataba de librarse de él.

–Esa no es la cuestión. Creo que lo mínimo que debería haber hecho habría sido esperar un poco antes de irse con la primera mujer dispuesta a decirle la hora.

Susie no habría soñado con la posibilidad de encontrar al hombre perfecto a través del ordenador, excepto por el hecho de que se acercaba la fecha de la Gran Boda y no quería ni pensar en presentarse allí sin novio, o, peor aún, con uno de sus amigos del mundillo del arte que sería rápidamente descartado como otro perdedor porque la «pobre Susie» no parecía tener lo que había que tener para conseguir un novio medio decente.

–Me aseguraré de no meterme en ninguna de esas páginas de citas de Internet –dijo Sergio–. ¿Por qué no se quita el abrigo y disfruta de un vino?

–No tiene por qué seguir charlando conmigo, señor... Lo siento. He olvidado su nombre.

–Puedes llamarme Sergio. ¿Y tú eres...?

–Susie –Susie alargó la mano para estrechar la de Sergio. En cuanto sus pieles entraron en contacto, experimentó algo muy parecido a una descarga eléctrica por todo el cuerpo–. Será mejor que te deje tranquilo para que puedas seguir con... lo que fuera que estuvieras haciendo.

Sergio jugueteó con la idea de ponerla en evidencia, pero decidió no hacerlo. Hacía tiempo que no se sentía tan entretenido. El trabajo podía esperar. Señaló la pantalla de su ordenador sin apartar la mirada de Susie.

—¿Qué crees que estaba haciendo?

—Algo aburrido. Trabajar. No sé cómo puedes concentrarte en un lugar como este. Yo estaría demasiado ocupada mirando a mi alrededor —con una comprensiva expresión en el rostro, Susie empezó a levantarse.

—Siéntate.

Sergio había tomado una decisión. ¿Qué más daba que fuera una cazafortunas? No tardaría en comprobar que se había equivocado de persona y de sitio, pero estaba disfrutando de su compañía... y de cómo estaba reaccionando su cuerpo.

Susie frunció el ceño.

—¿Sueles dedicarte a dar órdenes habitualmente?

—Es algo natural —la sonrisa que distendió los labios de Sergio dejó a Susie sin aliento—. Al parecer, la arrogancia es uno de mis muchos defectos.

—Y tienes muchos, ¿no?

—Demasiados como para empezar a hacer recuento. Has venido aquí a comer y beber, así que, siéntate, por favor. Permíteme sustituir a tu fallida cita esta tarde...

Sergio estuvo a punto de reír ante la ironía de verse simulando que se había creído las mentiras que le había contado Susie, pero no había duda de que era la mujer más creativa y divertida que había conocido en mucho tiempo.

Susie estaba encantada. Sergio no solo era increíblemente atractivo, sino que además había admitido tener defectos. ¿Cuántos hombres eran capaces de admitir algo así? ¿Y no acababa de invitarla a comer con él?

–¿Por qué no comes tú conmigo? –sugirió–. Mi mesa está... –miró a su alrededor y suspiró al suponer que lo más probable era que ya estuviera ocupada. Llegar tarde no era una opción en un lugar como aquel. Seguro que había toda una lista de gente aguardando a que hubiera alguna cancelación.

–¿Dónde? –Sergio simuló mirar muy interesado a su alrededor en busca de la mesa.

–Ya está ocupada –dijo Susie con un suspiro.

–Oh, vaya.

–No suelo hacer... esto... –empezó a decir Susie, que experimentó un agradable cosquilleo por todo el cuerpo ante la perspectiva de cenar con él.

Sergio era muy distinto a los demás hombres que había conocido. Su último novio, Aidan, era un incipiente escritor que solía acudir a manifestaciones anticapitalistas y que en aquellos momentos se encontraba en el otro extremo del mundo en busca de ideas para su siguiente libro, trabajando aquí y allá para ganarse la vida. Se mantenían más o menos en contacto.

–Me refiero a que no suelo imponer mi presencia a un desconocido y luego permitir que me invite a comer. Acepto con la condición de que me permitas pagar mi comida. Me ofrecería a pagar también la tuya, pero mi situación financiera no es especialmente boyante en estos momentos.

De hecho, no habría podido acudir allí de no haber sido por la generosidad de sus padres.

–¿A qué te refieres con eso? –preguntó Sergio mientras hacía una señal a un camarero para que le llevara dos menús.

–Estoy entre trabajos. Bueno, eso no es estrictamente cierto. Trabajo por cuenta propia en el terreno de la artes gráficas y las ilustraciones, pero aún soy bastante nueva en el negocio. No he tenido tiempo de establecer los suficientes contactos como para que aparezcan ofertas, pero estoy segura de que las cosas no tardarán en mejorar. Entre tanto, trabajo en un pub que está cerca de donde vivo...

–En resumen, que no tienes dinero porque no logras encontrar un trabajo regular –interrumpió Sergio.

–El mundillo de las artes gráficas y las ilustraciones es realmente competitivo...

–Desde luego.

–Hice un curso de secretaria cuando terminé mis estudios y conseguí trabajo, pero no lo disfrutaba.

–Pues has elegido un restaurante realmente caro para alguien con problemas financieros.

Susie abrió la boca para explicar que sus padres se iban a hacer cargo de la cuenta, pero cerró la boca al pensar en lo patético que podía resultar. Tenía veinticinco años y aún dependía de sus padres hasta aquellos extremos.

–A veces hay que... tirar la casa por la ventana –contestó sin convicción.

–Tal vez tu cita a ciegas se habría comportado como un caballero y te habría invitado a cenar.

–Lo dudo. Además, no le habría permitido hacerlo. Lo último que habría querido habría sido darle ideas.

–¿Qué ideas?

–Que, si él pagaba la cena, obtendría mis favores como premio extra.

Susie se ruborizó mientras Sergio la miraba con las cejas alzadas.

–Y si yo te invito a cenar, ¿crees que te consideraré el postre?

La cabeza de Susie se llenó de pronto de imágenes de Sergio disfrutando de ella como postre, llevándosela a su cama, haciéndole el amor, saboreándola detenidamente...

Y la mirada que le estaba dirigiendo...

Un delicioso y a la vez inquietante cosquilleó recorrió su cuerpo de arriba abajo mientras sentía que se convertía en una especie de suculento bocado y Sergio se planteaba si comérsela o no. Aquello debería haberla indignado, pero no fue así

Se humedeció nerviosamente los labios, un gesto inconscientemente erótico que hizo que Sergio tuviera que moverse en el asiento para adoptar una posición en la que no le molestara tanto la presión que sentía contra su braqueta.

–El abrigo –dijo con suavidad–. Quítatelo.

Susie obedeció con la sensación de que todo el mundo debía cumplir las órdenes que daba aquel hombre.

Sergio tuvo que tragar saliva cuando la vio sin el abrigo. ¿Qué había esperado? No lo sabía. Si aquella mujer estaba tratando de conseguir algo de él, había estado inspirada a la hora de elegir aquel vestido que exhibía en detalle cada centímetro cuadrado de su fabulosa figura. Su diminuta cintura. Sus maravillosos pechos. Sus fabulosamente contorneadas piernas. No era excesivamente alta, y eso le gustaba. Tampoco era morena, y él prefería las morenas. Y, sin duda, no era una mujer profesional, con una carrera... a menos que se considerara una carrera no tener un trabajo fijo.

Pero Susie estaba haciendo cosas increíbles con su libido.

Sonrió lentamente mientras la inspeccionaba de arriba abajo sin el más mínimo pudor.

—¡Eso ha sido muy grosero! —dijo Susie, intensamente ruborizada y molesta mientras se sentaba rápidamente y alisaba con las manos la falda del vestido.

—Si no te gustara que te miraran, no te habrías puesto un vestido rojo que apenas deja margen para la imaginación.

—Ha sido una compra equivocada —dijo Susie, mortificada al sentir cómo se humedecía su ropa interior y cómo se habían excitado sus pezones contra la tela del vestido bajo la atenta mirada de Sergio.

¿Qué estaba pasando?, se preguntó, confundida. Ella nunca reaccionaba así ante los hombres. Era cierto que se sentía cómoda estando con ellos, y que había tenido dos novios, pero ninguno la había afectado nunca de aquella manera.

Sergio estuvo a punto de romper a reír.

¿Una compra equivocada? Las compras equivocadas no solían ser pequeñas, rojas y sexys. Los vestidos pequeños, rojos y sexys están diseñados con el único objetivo de atraer la atención de los hombres. Y con él había funcionado.

Además, Susie ni siquiera parecía atreverse a mirarlo a los ojos. Era la viva imagen de la inocencia ruborizada. Y aunque esta fuera simulada, resultaba tan sensual como el vestido.

Toda aquella situación estaba resultando realmente refrescante. Necesitaba un descanso de las mujeres intelectuales con opiniones propias y que llegaban a resultar tediosas cuando se ponían a hablar de su profesión.

—No estoy de acuerdo —dijo sin dejar de sonreír—. De hecho, desde donde estoy sentado, el vestido me parece cualquier cosa menos un error —añadió, apenas consciente de que el camarero les estaba rellenando el vaso. Ni siquiera recordaba haber pedido ya la comida—. ¿Y sacas suficiente dinero trabajando en el pub y con tus dibujos como para poder permitirte pagar una renta en Londres?

—Más o menos. No puedo decir que me sobre demasiado dinero cuando acaba el mes —replicó Susie. Nada habría gustado más a sus padres que instalarla en su magnífico apartamento en Kensington, que solo utilizaban ocasionalmente cuando acudían al teatro o a la ópera, pero ella siempre había rechazado la oferta. Pero su orgullosa actitud implicaba que debía vivir en una zona bastante apartada de Londres y aguantar a un casero al que le parecía natural que la calefacción y los electrodomésticos funcionaran cuando les diera la gana.

—Sin embargo, estás aquí —dijo Sergio.

—A veces hay que vivir un poco —Susie se ruborizó de nuevo y apartó la mirada—. Debería haber hecho lo que siempre quise hacer —murmuró, mirando a lo lejos—. ¿Te has encontrado alguna vez atrapado siguiendo un camino que sabes que no es para ti?

Cuando tenía dieciocho años, y sin haber mostrado interés por acudir a la universidad, su familia había decidido que la carrera de secretaria sería lo más adecuado para ella.

—No.

–¿Siempre has sabido lo que querías hacer con tu vida? ¿Siempre has sabido lo que querías conseguir y cómo lograrlo?

–Las circunstancias suelen empujarnos por caminos inevitables –replicó Sergio, un tanto sorprendido por estar participando en aquella abstracta conversación.

–¿Qué significa eso?

–De manera que te viste obligada a hacer la carrera de secretaria...

Susie fue muy consciente de que Sergio había evitado su pregunta. Sin embargo le pareció que había hablado a partir de la experiencia... ¿pero qué experiencia?

–En aquel momento pareció tener sentido.

–Pero, mirando atrás, fue el error más grande de tu vida, porque las cosas que se hacen porque parecen ser las más razonables no son siempre las cosas con las que uno acaba disfrutando, ¿verdad?

–¡Eso es muy cierto! –Susie se inclinó instintivamente hacia delante, riendo, encantada de que Sergio hubiera captado aquello con tanta rapidez. Casi parecía que le había leído la mente–. Eres muy perspicaz –añadió tímidamente.

Sergio alzó las cejas. ¿Perspicaz? Aquel era un adjetivo que no le habían aplicado nunca.

–Yo no me dejaría llevar por el entusiasmo –murmuró con ironía–. Si estuviera en tu lugar, trataría de no olvidar lo que te he dicho antes. Soy un tipo arrogante... y más te valdría recordarlo...

Capítulo 2

LÓGICAMENTE, Susie se ofreció a pagar a medias la cena.

—Insisto —dijo con firmeza—. Te he impuesto mi presencia, y lo último que quiero es que te sientas obligado a invitarme a una cena tan cara.

—No hago nada en la vida porque me sienta obligado a ello. Y, en cualquier caso, nunca pago cuando como aquí.

—¿Cómo que nunca pagas? ¿Qué quiere decir eso?

—Tengo un acuerdo... —de manera que Susie sabía que era rico, pensó Sergio. Eso no resultaba muy difícil. Era bastante conocido, no tanto por que su nombre apareciera a menudo en las páginas financieras de la prensa, como porque también solía aparecer en las columnas de sociedad. No sabía si Susie estaría al tanto de aquello, ¿pero qué más daba?

Ya había tomado una decisión.

Tal vez la había tomado en el instante en que su libido había despertado.

Susie había acudido allí en busca de diversión y dinero. Había acudido al lugar adecuado en busca de diversión...

Y, en cuanto al dinero, él era un amante generoso. Pero, si Susie estaba buscando algo más, si lo que quería era una relación a nivel emocional, más le valía prepararse para una dura decepción.

De momento, la idea de llevársela a la cama, de quitarle aquel vestidito rojo poco a poco para explorar centímetro a centímetro lo que había debajo, resultaba realmente atractiva.

–¿Cómo puedes tener un «acuerdo» con un restaurante? –preguntó Susie–. A menos que... ¿eres familiar del dueño? ¿O te debe algún favor? –frunció el ceño y se mordió el labio inferior–. No tendrás relaciones con la mafia, ¿no?

Sergio la miró con expresión de incredulidad. Nadie se había atrevido nunca a llegar tan lejos con él. ¡Y encima Susie parecía estar esperando una respuesta!

–¿Y bien? –insistió ella–. No me has respondido.

–¡No! ¡Claro que no estoy relacionado con la mafia!

–Eso está bien.

–¿Por qué?

–Por nada –Susie se encogió de hombros y reconoció horrorizada que había empezado a esperar volver a ver a Sergio. ¡Había empezado a esperar toda clase de cosas!

–Vamos...

Cuando Sergio se levantó, lo siguió de inmediato. Al ponerse en pie, fue nuevamente consciente de su vestimenta y se envolvió rápidamente con la capa.

–¿Vamos...? –repitió débilmente mientras lo seguía–. ¿Adónde vamos?

Sergio bajó la mirada hacia el encantador rostro de Susie. Tenía motivos de sobra para no fiarse de ella, pero eso no lo había desanimado. A fin de cuentas, era un depredador nato y se había sentido aliviado al comprobar que sus instintos, que llevaban demasiado tiempo adormecidos para un hombre como él, seguían vivos.

–Hay una diversidad de posibilidades... –murmuró, disfrutando del intenso tono de las mejillas de Susie y maravillado por la facilidad con la que era capaz de adoptar exactamente la expresión que quería en cada momento.

–¿En serio? –preguntó Susie mientras lo seguía obedientemente fuera del restaurante.

–La opción número uno... –Sergio sacó su móvil, escribió algo rápidamente y lo cerró.

Un instante después, un elegante coche negro apareció ante la entrada del restaurante como surgido de la nada. Sergio abrió la puerta de pasajeros y se apartó para dejarla pasar. Susie dudó porque, a fin de cuentas, se trataba de un completo desconocido.

Tal vez no fuera miembro de la mafia, ¡pero sí era un desconocido!

–La opción uno es que nos vayamos de aquí a otro sitio. Soy miembro de un exclusivo club en Knighsbridge en el que ofrecen una excelente selección de licores para después de cenar.

–Pero no puedo meterme en ese coche contigo... –Susie miró el lujoso interior del vehículo. Había un conductor tras el volante, de manera que no estarían completamente solos.

–La opción dos es ir a mi casa y saltarnos el paso intermedio. Tardaríamos unos veinte minutos. Las vistas que hay desde mi apartamento te maravillarán.

Susie tragó saliva.

–¿Y... cuál es la tercera opción? –balbuceó.

–La tercera opción es que te vayas corriendo y no

volvamos a vernos –dijo Sergio a la vez que se apoyaba indolentemente contra la puerta abierta del coche.

Susie supo que no trataría de detenerla si decidía darse la vuelta para irse. De hecho, casi pudo escuchar en su mente cómo se reiría si lo hiciera. Pero aquel hombre moreno, increíblemente sexy, increíblemente seguro de sí mismo, estaba fuera de su alcance. Ella no era una mujer sofisticada y segura de sí misma, como su hermana, que era muy capaz de atraer a hombres como aquel. Aquello no tenía sentido.

Pero tampoco lo había tenido el curso de pintura que quiso estudiar en su momento. El curso de secretaria había tenido más sentido... pero no le había hecho ningún bien a la larga. Acabó echando el freno y haciendo lo que habría querido hacer en primer lugar... y eso había implicado que ya era mayor cuando había empezado a ascender por la carrera profesional.

Se ciñó la capa con fuerza mientras sentía los fuertes latidos de su corazón en el pecho.

–Podríamos hablar... supongo...

Sergio sonrió. En realidad no había dudado en ningún momento de que Susie fuera a aceptar su oferta.

–Podríamos... aunque he comprobado bastante a menudo que hay cosas mucho más interesantes que hacer con una mujer que hablar. Y, ahora, ¿vas a entrar en el coche o no?

Sin pensárselo dos veces, Susie se agachó para entrar. Se deslizó por el lujoso cuero del asiento hasta la ventanilla opuesta sin saber muy bien qué la había impulsado a hacer algo tan fuera de lo habitual en ella como entrar en el coche de un tipo al que había conocido hacía cinco minutos.

–¿Al club, o a mi casa?

Susie pensó que podría seguir contemplando el magnífico rostro de aquel hombre eternamente. Los hombres con los que había salido hasta entonces y a los que había considerado atractivos parecían niños en comparación con él. Y probablemente lo eran. Aquel era un poderoso macho alfa, el líder del grupo, el rey de la jungla. Un estremecimiento de desenfrenada excitación recorrió su cuerpo.

–Bueno...

Susie dejó aquella sílaba suspendida en el aire y, al parecer, aquello fue respuesta suficiente para Sergio, que se inclinó hacia el conductor para indicarle que los llevara a casa. Luego se arrellanó cómodamente contra el respaldo del asiento y la miró.

Le gustaba el juego al que estaba jugando. ¿A cuántos hombres habría abordado así en el pasado? ¿Cuántas historias más tendría ocultas bajo la manga? Sin duda, la perfección de su simulado aire de inocencia iba a llevarla muy lejos...

–Si no te gustaba el trabajo de secretaria, ¿por qué fue el primero que intentaste? –preguntó, feliz por poder hablar son Susie sobre un pasado que probablemente variaba según su interlocutor.

–¿A qué te dedicas tú? –preguntó Susie a su vez con curiosidad.

Sergio le dedicó una mirada entre divertida e incrédula y, para su sorpresa, Susie reaccionó riendo.

Era una risa contagiosa. El tipo de risa de alguien que disfrutaba riendo. Sergio no pudo evitar que sus labios se curvaran.

–¿Te importaría compartir la broma? –preguntó en tono irónico.

–Crees que sé quién eres, ¿verdad? Seguro que sigues pensando que voy tras tu dinero, aunque ya te he dicho que no es así.

–Seguro que has oído hablar de mí –se oyó decir Sergio.

–¿Por qué tendría que haber oído hablar de ti?

–Porque mi nombre surge a menudo, bien porque estoy ganando dinero o porque lo estoy dando.

–¿Y eso qué quiere decir?

La profunda y penetrante mirada de Sergio hizo que Susie se sintiera acalorada y sin aliento, y nunca en su vida había disfrutado tanto de una sensación.

–Significa que gano dinero, y mucho.

–¿Haciendo qué?

–Toda clase de cosas –dijo Sergio con un encogimiento de hombros–. Compro cosas, invierto en ellas, construyo cosas... De hecho, soy dueño del restaurante. Es uno de los cinco que tengo dispersos por el país.

–¿Eres dueño del restaurante?

Susie se quedó tan boquiabierta que Sergio fue incapaz de contener la risa.

–¿Me estás diciendo que no lo sabías?

–¿Y por qué iba a saberlo? –preguntó Susie, sorprendida–. No tenía ni idea. Y si de verdad crees que solo he ido al restaurante para tratar de llamar tu atención porque eres rico, haz el favor de decirle a tu chófer que detenga el coche para que pueda irme por mi cuenta a casa.

–No lo dices en serio.

Sin molestarse en contestar, Susie golpeó con los nudillos el cristal que los separaba del conductor. Sergio la tomó por la muñeca y la retuvo hasta que ella volvió la mirada hacia él, reacia.

—Has ido directamente a mi mesa, te has sentado sin haber sido invitada, has conseguido que te invite a cenar y ahora estás aquí, en mi coche, camino de mi apartamento... ¿Qué se supone que debería deducir de todo ello un millonario?

Susie retiró la mano de un tirón, dolida, porque lo que había dicho Sergio podría haber tenido sentido en la superficie, pero estaba tan lejos de la verdad que resultaba risible.

Al ver el brillo de las lágrimas en los ojos de Susie, Sergio dudo por unos momentos de las conclusiones que había sacado.

—¿Y bien? —dijo con aspereza—. ¿Qué se supone que debería haber pensado?

—Deberías haber creído lo que te he contado.

Sergio rio sin humor.

—Las mujeres tienen la desafortunada costumbre de comportarse de formas extrañas en cuanto están con un hombre rico.

—Ah, ¿sí? No tenía ni idea. Quiero salir del coche. Quiero irme a casa. No debería haber aceptado meterme en el coche contigo. Crees que solo lo he hecho porque voy tras tu dinero y no quieres creerme cuando te digo que te equivocas. ¿Cómo puedo saber que eres una persona honorable? ¿Cómo puedo saber que vas a llevarme a tu casa y... y...?

—¡Ni se te ocurra entrar en eso!

A Sergio le escandalizó que Susie pudiera pensar lo peor de él, pero reconoció a regañadientes la ironía de la situación. Él no estaba dispuesto a creer una palabra de lo que estaba diciendo Susie, de manera que ¿por qué iba a creer ella lo que estaba diciendo él? Que tuviera dinero no significaba que fuese un tipo «honorable».

–Jamás he necesitado forzar a una mujer.

–Entonces, si te digo que quiero bajar del coche ahora mismo...

–No trataría de impedírtelo –al ver la testaruda mirada de Susie, Sergio suspiró–: ¿Por qué tratas de encontrar un hombre a través de Internet? ¿No te ha dicho nunca nadie que no es seguro?

Susie se relajó. Sergio había hablado en serio cuando había dicho que le dejaría irse si era lo que quería. Lo había visto en sus ojos. Tal vez fuera suspicaz, y directamente ofensivo, pero por lo menos era directo. Y tan... tan excitante.

–¿Tienes idea de lo difícil que es conseguir una cita en Londres si no te gusta alternar de noche y no te atraen los trabajos de altos vuelos en los que abundan los varones sin compromiso?

–No.

–Pues te aseguro que es realmente difícil. Tengo amigos, pero en general tienden a ser personas... –Susie frunció el ceño antes de añadir–: creativas. Un par de diseñadores gráficos independientes, tres que trabajan en publicidad...

–¿Y no hay ningún buen partido entre ellos?

–No son precisamente lo que suele llamarse un «buen partido». Para ser sincera, algunos de ellos son gays, así que, cuando una amiga me sugirió que buscara en Internet, no me pareció mala idea. Además... Tengo una boda cercana. Te estoy aburriendo, ¿verdad?

–Al contrario. Me estás llevando por todo tipo de carreteras por las que no había viajado nunca.

–Ah, ¿sí? –Susie no supo si sentirse halagada u ofendida–. ¿Y por qué clase de carreteras sueles viajar normalmente con las mujeres?

Sergio extendió las manos y le ofreció una divertida sonrisa que hizo que Susie sintiera una agradable cosquilleo por todo el cuerpo.

–Las mujeres con las que salgo son casi siempre mujeres de carrera.

–Oh, comprendo –dijo Susie, decepcionada a pesar de sí misma. Sergio era rico y listo. Seguro que le atraían las mujeres inteligentes y ricas–. Mujeres de carrera...

–Mujeres con buenos trabajos que tienen que tomar decisiones diarias que a veces afectan a quienes trabajan con ellas.

Al decir aquello en alto, Sergio se preguntó qué veía en aquel tipo de mujeres, pero solo fue un pensamiento pasajero, porque sabía con exactitud la clase de mujeres que había decidido evitar como si se trataran de una plaga.

Dominique Duval.

Aquel era un nombre que no surgía a menudo en su mente. Lo había eliminado implacablemente de su consciencia. Pero haber hablado sobre la clase de mujeres con las que solía salir había evocado el recuerdo y sus labios se tensaron a causa del desagrado. El pasado podía estar profundamente enterrado, pero nunca se olvidaba realmente.

–¿Qué sucede? –preguntó Susie, sorprendida por el oscurecimiento de la expresión de Sergio, que le hizo llegar a la inmediata conclusión de que ella era la responsable. Pero lo cierto era que ella no le había dicho nada ofensivo.

–He recordado a una persona muy significativa en mi vida –dijo Sergio con dura frialdad–. Una mujer encantadora que logró que trate por todos los medios de mantenerme alejado de las de su tipo a la hora de relacionarme con el otro sexo. Hay curvas que conviene tomar con cuidado en la vida –añadió con una nueva sonrisa–. Me gusta prestarles atención.

–A mí también.

Susie no sabía qué acababa de pasar, pero lo que sí sabía era que no pensaba entrar en el terreno de las confidencias. Ya estaba llegando a la conclusión de que el único motivo por el que Sergio le había prestado atención era la novedad. Si solo salía con mujeres de carrera, con auténticas profesionales, una mujer como ella, capaz de sentarse a su mesa sin haber sido invitada para contarle una extraña historia sobre una cita a ciegas, debía de haber supuesto una auténtica conmoción para él.

¿Quién sería la mujer que había moldeado las respuestas de Sergio al sexo opuesto y que lo había llevado a decidir la clase de mujeres con las que quería salir? Supuso que se trataba de un viejo amor. Tal vez Sergio se enamoró de la mujer equivocada. El hecho de que se lo hubiera tomado tan mal como para cambiar su forma de ver sus relaciones resultaba revelador. Se había enamorado y había acabado quemado.

–¿Y la boda?

–¿Boda? –Susie rio despreocupadamente–. ¿Qué boda?

–La que has mencionado hace un momento. Estabas a punto de ponerte a hablar de amor y confeti...

–¡Vaya! ¿Vives aquí? ¿No es este el lugar más caro del planeta? –preguntó Susie mientras doblaba el cuello para poder mirar el edificio de cristal ante el que se habían detenido, que parecía perderse en las nubes.

Como distracción de una conversación que no quería tener, funcionó.

El apartamento que poseían sus padres estaba en un lugar magnífico y había sido renovado a un alto nivel, pero aquel sitio estaba hecho de la materia de los sueños. No era un lugar al que tuvieran acceso a menudo los mortales normales.

–¿Impresionada? –preguntó Sergio mientras salía del coche. Iba a rodear este para abrirle la puerta a Susie, pero ella se le adelantó.

–Muy impresionada –confesó.

Aquello no supuso una sorpresa para Sergio. Imaginaba que Susie vivía en algún apartamento pequeño y húmedo de alguna zona triste y apagada del extrarradio.

Subieron hasta el apartamento en un sofisticado ascensor de cristal. Cuando abrió la puerta, Susie recuperó la voz que había perdido desde que habían entrado en el impresionante vestíbulo del edificio y hasta que habían subido a la planta número quince.

–Esto es... increíble... Pero supongo que eso ya lo sabes –dijo, y rio nerviosamente mientras miraba a su alrededor. De las paredes colgaban algunas pinturas abstractas que Susie no tuvo dificultad en reconocer, y había mármol por todas partes.

Estaba en el apartamento de Sergio.

No había motivo para sentirse nerviosa, se dijo mientras Sergio le hablaba de la distribución del apartamento.

Había tantas habitaciones... Él estaba ya totalmente

acostumbrado a sus cuadros, al inmenso tamaño de todo, a la cocina, en la que el mármol daba paso a las más exquisitas maderas, al salón, dominado por los tonos crema y blanco...

Susie lo bombardeó a preguntas. Quiso saber cuánto tiempo llevaba viviendo allí, si conocía a sus vecinos, pregunta que Sergio encontró divertida por algún motivo. Incluso le preguntó qué pasaría si se derramara un vaso de vino sobre el sofá de cuero blanco...

Charló sin parar porque, aunque simulara no estar nerviosa, lo cierto era que lo estaba.

Con todas sus citas online anteriores había mantenido el control. Siempre habían tenido lugar en sitios públicos, las conversaciones habían sido superficiales, las despedidas incómodas...

En cuanto a sus dos noviazgos anteriores, comenzaron como una amistad que se transformó en algo más a causa de la curiosidad antes de volver a reconvertirse en amistad.

Pero aquello era... diferente.

—¿Qué tal si me invitas a un café? —sugirió sin pensarlo.

¿Por qué ocultarse del hecho de que estaba buscando una relación? Sergio no la estaba buscando y, desde luego, no con alguien como ella, que no tenía ninguna carrera ni sabía nada de negocios. Ella no estaba en su liga.

Y él tampoco estaba en la suya. Sergio era... aquello era... puro deseo, lujuria. Se sentía consciente de él con cada fibra de su ser.

De manera que estaban empatados.

A pesar de todo, un café podría suponer una ayuda

para que se le asentaran los nervios. Se imaginó a sí misma caminando por el pasillo en dirección al dormitorio, donde Sergio esperaría que se lanzara con abandono al placer del sexo, cuando lo cierto era que, a pesar de sus dos noviazgos, carecía de la experiencia que sin duda él suponía que tenía.

–¿Quieres un café? ¿A estas horas? –preguntó Sergio mientras se apoyaba contra el borde de la encimera de la cocina.

–O tal vez una copa... –Susie pensó que una buena dosis de licor asentaría definitivamente sus nervios... o haría que se quedara dormida. Ambas opciones eran preferibles al frenético revoloteo que sentía en el estómago.

–Siéntate –dijo Sergio con delicadeza a la vez que apartaba una de la sillas de cuero negro que rodeaban la elegante mesa de la cocina.

Susie obedeció esforzándose por no mirar los poderosos muslos de Sergio cuando se sentó a medias en el borde de la mesa.

–Así que quieres un café o un licor –dijo él a la vez que la tomaba por la barbilla para que lo mirara.

Sergio no sabía qué pensar. Estaban en su apartamento y debería ser ella quien tomara la iniciativa. Así era como se jugaba a aquel juego. ¿Sería algún tipo de treta para mantenerlo interesado?

–O eso, o... –Susie parpadeó y se humedeció con la lengua los labios, repentinamente resecos.

–¿Sueles beber licores?

–Normalmente no.

–¿Sólo cuando sales con alguna de tus citas?

–Yo... en realidad no tengo tantas citas.

–¿Solo ocasionalmente, con los desconocidos con los que entras en contacto a través de Internet?

–Nunca se me habría ocurrido beber con ninguno de esos tipos –contestó Susie con sinceridad–. Casi todas esas citas han resultado realmente aburridas... del montón.

–¿Se oculta en lo que acabas de decir un cumplido para mí?

–¡Eres realmente arrogante! –protestó Susie, pero no pudo evitar una sonrisa que hizo que se sintiera un poco más relajada.

–Y tú eres muy sexy –dijo Sergio abiertamente–. ¿Se puede saber por qué piensas que la única posibilidad que tienes de conocer hombres es a través de Internet?

–¿Crees que soy sexy?

–Creo que eres sexy. Más allá de eso, no sé qué pensar... y te aseguro que esa es toda una novedad –Sergio se apartó de la mesa para acercarse a la cafetera–. Ahora voy a prepararte un café y luego voy a decirle a mi chófer que te lleve a casa.

–¡No!

«Si me voy, no volveré a verlo». Confundida por el tumulto de emociones que acompañaron a aquel pensamiento, Susie se quedó mirándolo.

Sergio ignoró su negativa. No estaba preparado para aquello, por muy intrigante que pudiera resultar Susie y a pesar de que le hubiera hecho salir de su sopor emocional. Aquello podía suponer una complicación, y no le gustaban las complicaciones.

En lo referente a las mujeres, le gustaba saber exactamente con qué estaba jugando. Pero con Susie no lo sabía. ¿Era una cazafortunas? ¿Sería todo aquello un numerito para tenerlo intrigado? ¿O sería realmente Susie una joven que no tenía idea de lo atractiva que era? ¿Pero hasta qué punto sería sincera si estaba dispuesta a anunciarse en Internet?

Sirvió el café en una taza que dejó en la mesa frente a Susie antes de sentarse a su lado.

—De algún modo me he encontrado con tu compañía esta noche y no era lo que tenía planeado. Pensaba trabajar un rato, comer algo y volver aquí solo.

Sergio se fijó en el ligero temblor de las manos de Susie mientras tomaba su taza.

—Dicho eso, he de reconocer que el cambio de planes me ha gustado —continuó—. No tengo ni idea de quién eres ni de qué quieres de mí, pero, como ya he dicho, eres muy sexy. Y yo llevo dos meses de celibato, demasiado para mí. Pero no estoy interesado en ponerme a buscar. Ahora termínate el café y te acompañaré a la puerta.

—¿Qué quieres decir con que no sabes quién soy ni lo que quiero de ti?

Sergio dejó escapar un suspiro de frustración.

—Creo que nunca había hablado tanto con una mujer antes del sexo.

Susie se ruborizó y terminó rápidamente su café.

—¿Te refieres a que te limitas a hacer una seña a una mujer y a llevártela a la cama más cercana sin más preámbulos?

—Oh, también hablamos —Sergio rio con suavidad—. Las mujeres con carreras profesionales de alto nivel suelen tener mucho que decir. Es todo muy civilizado. Hablamos un poco de la situación del mundo y luego nos vamos a la cama.

–Oh. En ese caso, será mejor que me vaya –dijo Susie mientras se levantaba sin mirarlo–. Y lo siento... Supongo que en el fondo no está bien dar ideas a un hombre. Algo que en realidad no estaba haciendo. Cuando he accedido a venir aquí contigo he pensado que... bueno, supongo que las aventuras de una noche no son para mí –frunció el ceño–. De hecho, nunca he tenido una aventura de una noche y nunca había sentido la tentación de tenerla. No sé qué me ha pasado. Creo que al entrar en el restaurante y ver a mi cita... De lo contrario, nunca me habría acercado a ti...

Sergio alzó una mano para detener aquella avalancha de introspección.

–Ya me hago a la idea –dijo con ironía a la vez que empujaba con delicadeza a Susie fuera de la cocina. Estaba haciendo lo correcto. Ya se ocuparía de su estado de excitación más tarde, con una ducha de agua helada.

–Solo por curiosidad –añadió cuando ya estaban ante la puerta de salida–. Si no eres una de esas chicas acostumbradas a tener aventuras de una noche, ¿por qué has aceptado venir aquí conmigo?

–No sé –admitió Susie mientras se ponía el abrigo–. Me... has gustado... –añadió, intensamente ruborizada a la vez que apartaba la mirada.

Sergio pensó que aquello era lo más excitante que podía pasarle a un hombre. Susie había admitido aquello con verdadero esfuerzo.

¿Y qué clase de tipo sería él si le dejara irse sin nada?

Se acercó a ella, pasó una mano tras su nuca y vio la mezcla de sorpresa y excitación que reflejaron los ojos de Susie.

En aquel instante, supo que podía tenerla si quería. Nunca había deseado nada más en su vida... pero ¿sería capaz de hacerlo?

No. Era preferible seguir con lo que conocía. Era más seguro. Una vida controlada era una vida sin sorpresas desagradables.

Pero cuando Susie lo rodeó con las manos por la cintura y Sergio aspiró su ligero aroma floral, lo olvidó todo e inclinó la cabeza hacia ella.

Susie entreabrió los labios ligeramente y le dio la bienvenida con su lengua. Sergio apenas fue consciente de cómo la empujó contra la pared para apoyarse contra su pelvis y hacerle sentir su excitación. Lo que más deseaba en aquellos momentos era quitarle la capa y el vestido, arrancarle las braguitas y poseerla allí mismo, en el vestíbulo, contra la pared, mientras ella lo rodeaba con las piernas por la cintura...

Susie parpadeó aturdida cuando Sergio se apartó de ella.

–¿Por qué has parado? –sus nervios se habían esfumado tras el impacto de aquel beso.

–No funciona –murmuró Sergio a pesar del ardor que recorría sus venas–. No eres mi tipo.

Apretó los dientes al ver la expresión dolida de Susie, pero se dijo que aquella experiencia la volvería más fuerte. Para empezar, dejaría de buscar citas por Internet.

–Eres una cazafortunas o una joven muy inocente... y no estoy interesado en ninguna de esas dos posibilidades.

–No tengo la suficiente experiencia para ti... ni soy lo suficientemente inteligente...

—No pongas en mi boca palabras que no he dicho. Si estuviera en tu lugar, no trataría de buscar un compañero a través de Internet. Podría resultar peligroso.

Susie supo que no debía preocuparse. Tal vez saldría de allí con el orgullo un poco herido, pero sabía que, muy probablemente, Sergio estaba haciendo lo correcto.

Se irguió y le devolvió la fría mirada que él le estaba dedicando.

—Gracias por el consejo. Y si tú te alegras de no haber acabado en la cama conmigo porque no soy tu tipo, yo me alegro igualmente porque tú tampoco eres mi tipo —Susie se obligó a sonreír despreocupadamente, como una auténtica adulta—. Y no soy tan inocente como crees —mintió a la vez que ladeaba la cabeza—. De hecho, soy muy capaz de cuidar de mí misma y de tener una aventura de una noche... ¡si es que alguna vez quiero tener una!

—Me alegra escuchar eso. El coche está fuera, Susie. Ha sido un... un encuentro nada habitual.

En respuesta, Susie le ofreció la mano y sonrió mientras él le abría la puerta.

—Gracias por la cena. Espero que encuentres a la mujer de negocios de tus sueños. Yo seguiré buscando al tipo divertido de los míos.

A continuación salió, fue hasta el ascensor, bajó al vestíbulo, entró en el coche que la aguardaba y cerró con firmeza la puerta, asegurándose de no mirar atrás mientras el vehículo se alejaba.

Capítulo 3

SERGIO había captado la curiosidad en la mirada de la florista cuando había hecho su encargo. Cien rosas de cinco colores diferentes. Casi había podido ver la pregunta escrita en su rostro: «¿Quién es la afortunada?»

Pero Stanley, su chófer, fue mucho más directo que la florista.

—¿Quién es la afortunada?

—La «afortunada» es la chica a la que llevaste a casa hace dos semanas... aunque eso no es asunto tuyo, Stanley. En caso de que hayas olvidado el contenido del manual *Como ser un buen chófer*, te recuerdo que una de las normas es no hacer preguntas sobre asuntos que no te atañen.

—Ah, debe de estar realmente interesado. Normalmente las flores solo aparecen cuando sus ligues finalizan, señor. Además, nunca son rosas... ¡y nunca tantas!

—Limítate a conducir, Stanley.

—Bonita chica, por cierto. Espero que no le importe que lo diga.

—Estoy a punto de hacer una llamada importante, Stanley, y sí me importa que lo digas.

—Con esta deberá andarse con ojo, señor.

Sergio renunció a contestar. Hacía diez años que

había empleado a Stanley, al que había rescatado de un proyecto para rehabilitar a personas condenadas por delitos menores. Aquella era una de las muchas organizaciones benéficas patrocinadas por el vasto conglomerado de empresas de Sergio. Stanley, que tenía veintiocho años, había sido un experto ladrón de coches, y su relación había prosperado contra todo pronóstico.

Stanley era un tipo irreverente, sin pelos en la lengua, que no se dejaba impresionar por la riqueza de Sergio y que siempre le estaría agradecido por haberlo sacado de una vida cada vez más cercana al desastre.

En el fondo, a Sergio le gustaba aquella aparente falta de respeto. Stanley era muy leal, habría sido capaz de dar la vida por él, y además sabía mucho de coches.

—Supongo que estarás a punto de decirme por qué debo tener cuidado.

—Solo si usted quiere, señor. No querría excederme en mis competencias.

—Suéltalo Stanley, y luego céntrate en la carretera. No olvides que te pago para conducir, no para hablar.

—Si no le importa que se lo diga, señor, esa chica no es como las demás mujeres con las que suele salir. Es... diferente... No me pregunte por qué; fue solo una sensación mientras la llevaba de vuelta a su casa.

Sergio se preguntó qué habría pensado Stanley si hubiera sabido cómo se había presentado aquella «bonita chica» en su restaurante.

—Pero le dejo que siga con su importante llamada, señor. No querría que me despidiera por no estar haciendo mi trabajo a plena satisfacción de Su Excelencia —añadió Stanley antes de ponerse a canturrear, dejando a Sergio a solas con sus pensamientos.

Se dirigía a casa de Susie en una misión que incluía cien rosas de diferentes colores, y en realidad no sabía por qué. Lo único que sabía era que no había podido sacársela de la cabeza desde el día en que la había conocido.

En circunstancias normales, las mujeres no solían entrometerse en su trabajo diario. No se presentaban en su oficina, no lo llamaban al trabajo, y nunca interferían con sus pensamientos cuando no estaban cerca. Cuando estaba con una mujer disfrutaba de ella con cada fibra de su ser. Cuando no estaba con ella, la olvidaba.

Sin embargo no había logrado quitarse a Susie de la cabeza, lo que le había impedido concentrarse como era debido en sus reuniones de trabajo y también mientras trabajaba a solas con su ordenador.

No sabía por qué le había afectado tanto aquel encuentro. Susie no era la mujer más bella que había conocido en su vida. Y, aunque no supiera realmente cuáles habían sido sus intenciones, lo cierto era que, después de haber dado todos los indicios de querer meterse directamente en su cama, había salido de su departamento como perseguida por el diablo.

De manera que allí estaba. No tenía idea de lo que iba a decirle cuando se presentara ante su puerta. Ni siquiera sabía si iba a encontrar su casa.

—Ya estamos aquí —dijo Stanley un momento antes de detener el coche y volverse hacia Sergio.

—¿Vive aquí?

A través de la ventanilla, y de la finísima lluvia que no había dejado de caer desde aquella mañana, Sergio vio una hilera de tiendas, una agencia de viajes, un bar abierto y varios más cerrados a cal y canto con varios candados, lo que llevaba a preguntarse sobre la clase de gente que vivía en aquel barrio.

—En el piso que hay encima de las tiendas, señor.

—Va a ser divertido subir todas las flores ahí –murmuró Sergio–. ¿Quién puede vivir en un sitio como este, Stanley?

—Varios de mis parientes, señor... y solo los más afortunados.

Sergio dejó escapar un ambiguo gruñido.

—¿Sabes cuál es el número de su piso, o habrá que llamar a todos los timbres para descubrirlo?

—Vive en el número nueve. La acompañé personalmente hasta la puerta.

Susie tuvo que bajar el volumen del televisor para cerciorarse de que había sonado el timbre. Como casi todo lo demás en aquella casa, el timbre funcionaba a veces sí y a veces no, y a veces sonaba tan bajo que apenas se escuchaba.

Era viernes por la tarde y no había querido tener compañía. Había renunciado directamente al asunto de las citas *online*. Su atrevido vestido rojo estaba colgado en el fondo de su armario como recordatorio de su último error.

Sergio Burzi.

Había buscado información sobre él en Internet, más que por la información en sí, porque quería ver alguna foto suya. Y lo cierto era que no le hacían justicia.

Le asombraba y desconcertaba que un solo y breve

encuentro con un completo desconocido hubiera alterado tanto su vida.

Se había pasado aquellos últimos días soñando despierta, imaginando cómo habría sido pasar la noche con él. También había imaginado un futuro que nunca tendrían y había fantaseado con tener una relación con él, una relación verdadera.

Pero siempre acababa recordando lo que Sergio le había dicho de las mujeres con las que solía salir. Mujeres como su hermana, Alex, inteligente, ambiciosa, que nació sabiendo lo que quería.

Al escuchar el débil sonido del timbre, se encaminó hacia la puerta, algo que le llevó muy pocos segundos, pues el apartamento era tan pequeño que prácticamente podía encender la televisión sin moverse mientras freía un huevo en la cocina.

Pensó en el apartamento de Sergio, tan grande, tan moderno... Louise, su madre, la había llamado al día siguiente de su frustrada cita y la había bombardeado a preguntas sobre el nuevo restaurante. Se irritó cuando Susie se limitó a responderle con monosílabos y, cuando le dijo que no había compartido la cena con ningún hombre agradable, le soltó un discurso sobre la boda de su prima Clarissa y lo encantado que estaba todo el mundo de que fuera a casarse, sobre todo su hermana, porque suponía que no tardaría en hacerle abuela.

La madre de Susie siempre había mostrado cierto grado de competitividad con su hermana Kate, la madre de Clarissa. Louise fue la primera en casarse, pero Kate fue la primera que se quedó embarazada. Louise había tenido un trabajo de mayor nivel, pero Kate había ganado más dinero con el suyo.

Y ahora, Clarissa, la hija de Kate, iba a casarse. Susie se estremeció al pensar en cómo reaccionaría su madre si Clarissa se quedara embarazada nada más casarse y tuviera un bebé nueve meses después de la boda. Sin embargo, ella no tenía ni un trabajo de verdad, ni novio, ni perspectivas de tenerlo.

Reprimiendo un suspiro de autocompasión, abrió la puerta y se encontró frente a una especie de barricada de flores. Montones y montones de rosas, tantas que habían hecho falta dos personas para subirlas, aunque no podía ver de quiénes se trataba porque estaban totalmente ocultas por las flores.

—Lo siento, pero creo que se han equivocado de apartamento.

—Habría sido más discreto con la cantidad si hubiera sabido que tu apartamento era tan pequeño...

Susie se quedó boquiabierta y su corazón rompió a latir con tal fuerza que se sintió mareada. Las palmas de sus manos comenzaron a transpirar. Su cuerpo entero empezó a transpirar.

Un instante después, vio que Sergio emergía entre las flores del jardín que acababan de poblar su entrada.

Seguía tan sexy como lo recordaba, tan alto, tan moreno, tan deslumbrante. Vestía unos vaqueros negros, una chaqueta de chándal con rayas verticales y unas zapatillas deportivas.

—¿Qué haces aquí?

—Eso es todo, Stanley —Sergio se dirigió al hombre que lo acompañaba sin apartar la mirada de Susie.

—¿Qué haces aquí? —repitió ella, aturdida.

Pero, además de aturdimiento, también experimentó una punzada de placer, pues aquella había sido una de sus principales fantasías durante aquellos días: que Sergio acudiera a buscarla.

Sintió que las piernas se le volvían de gelatina mientras Sergio daba órdenes a Stanley, el fornido chófer que la había acompañado hasta la puerta de su apartamento el día que cenó con Sergio.

Un instante después estaban a solas, mirándose, hasta que los labios de Sergio se curvaron en una lenta y deslumbrante sonrisa.

Había hecho lo correcto.

Sergio lo supo en cuanto se abrió la puerta del apartamento de Susie y volvió a verla. En aquella ocasión no llevaba el vestido rojo, sino unos amplios pantalones de chándal, un jersey gris y unas zapatillas rosas brillantes.

No quedaba el más mínimo rastro de la gatita sexy de la primera noche. En su lugar había un bonito y pecoso rostro y una chica con el pelo color vainilla que estaba mirándolo como si acabara de aterrizar allí con su platillo volante.

Y así resultaba aún más sexy de lo que recordaba.

—¿No vas a invitarme a pasar?

—¿Cómo me has encontrado? No me lo digas, ya lo sé. Stanley sabe dónde vivo. Me extraña que recordara las señas.

—Tiene un gran talento para recordar los sitios en los que ha estado.

—¿Y no vas a decirme de una vez por todas qué estás haciendo aquí?

Sergio se quedó momentáneamente desconcertado

por la pregunta. Esperaba que al menos lo dejara pasar antes de darle las explicaciones pertinentes. A fin de cuentas, se había presentado allí, y nunca había hecho nada parecido en su vida. No se le había pasado ni por un momento por la cabeza que Susie no fuera a mostrarse encantada por el detalle.

–¿Disculpa?

–La última vez que te vi me dijiste que, o era una cazafortunas, o era una simplona, y que no estabas interesado en tener nada que ver conmigo.

–No creo que utilizara la palabra simplona.

–Pero sí algo parecido –replicó Susie, tensa como un tablón de madera. Era posible que hubiera soñado despierta con aquello, pero, una vez sucedido, no podía ignorar el hecho de que Sergio la había rechazado–. No soy tu tipo, ¿recuerdas?

–He venido cargado de flores –dijo Sergio, incrédulo.

–Me parece muy bien, pero eso no excusa lo que me dijiste.

A pesar de sus palabras, Susie estaba deseando abrir la puerta de par en par. Todo su cuerpo palpitaba con el recuerdo del beso que se habían dado, de lo mucho que había deseado que hubiera habido más... mucho más.

–Si me dejas pasar, podemos hablar más tranquilamente dentro.

Susie dudó un momento, pero enseguida se apartó a un lado para dejarlo pasar y alargó los brazos para tomar parte de las flores. Sacó dos floreros en los que metió todas la que pudo y el resto quedaron en el alféizar de la ventana.

Luego fue a sentarse en el sofá, subió las rodillas y se rodeó estas con los brazos.

—Admito que cuestioné tus motivos —dijo Sergio mientras se sentaba en el otro extremo del sofá—. ¿Puedes culparme por ello?

—¿Y qué te hizo cambiar de opinión?

Sergio no estaba seguro de haber cambiado de opinión, pero pensó que ser completamente sincero en aquellos momentos no era lo más conveniente. Lo principal era que Susie había logrado afectarlo de un modo distinto al de las demás mujeres que había conocido, aunque no sabía por qué.

—Te rechacé porque... —Sergio se levantó y empezó a caminar de un lado a otro. Mientras lo hacía, se fijó subliminalmente en que, a pesar del mobiliario barato y la anticuada decoración del apartamento, también había dos objetos muy valiosos.

¿Qué indicaba aquello? ¿Cómo reaccionaría Susie si se lo comentara? ¿Cómo era posible que no pudiera permitirse un lugar mejor en el que vivir si en una de las paredes colgaba un cuadro abstracto pequeño pero muy valioso de un pintor que empezaba a tener mucho prestigio? Y en una de las mesas había una lámpara Tiffany que tenía todo el aspecto de ser auténtica.

—Porque... —siguió hablando mientras volvía a sentarse— si eres una cazafortunas no vas a obtener nada por mucho que te esfuerces, y si simplemente eres tan ingenua como pareces, te hice un favor, porque de lo contrario habrías acabado sufriendo por mi culpa.

Susie frunció el ceño.

—¿Por qué dices eso?

—Porque no me interesan las relaciones a largo plazo.

—¿Y qué te hace pensar que a mí sí? No, retiro

eso... ¿Qué te hace pensar que te habría elegido para el papel de alguien con quien quisiera tener una relación a largo plazo?

–Las mujeres tienen la costumbre de implicarse en exceso...

–Eres un hombre atractivo –dijo Susie con cautela–, pero nunca podría implicarme en exceso con alguien como tú...

–¿Alguien como yo? –repitió Sergio, perplejo.

–Soy una persona creativa. No es que necesite relacionarme necesariamente con alguien como yo, pero sí me gustaría que fuera alguien divertido, atento, considerado, amable, sensible... Un hombre que nunca me acusara de ser una cazafortunas, que no me dijera que soy tan ingenua que no puedo cuidar de mí misma y, por supuesto, ¡que no fuera tan arrogante como para asumir que me enamoraría perdidamente de él si me diera la más mínima oportunidad! Lo que quiero decir es que... ¿quién te crees que eres?

Sergio se había quedado sin palabras. Se preguntó si debería mencionar que estaba convencido de que no había otra mujer en el planeta capaz de echarle un sermón como aquel después de haberse presentado en su casa con varias docenas de rosas.

–He venido porque sentía que había un asunto inacabado entre nosotros –fue todo lo que logró decir finalmente.

Susie alzó las cejas.

–¿Tú no? –preguntó Sergio con suavidad–. ¿No sentías que había algo inacabado entre nosotros?

Susie dudó. ¿Sería aquello lo que había estado sintiendo? Sin saber muy bien si reafirmar su independencia y aclararle que no podía presentarse en su casa con un montón de flores esperando que cayera embobada a sus pies, se quedó sin palabras.

–¿Y bien? –insistió Sergio–. Yo no he podido dejar de pensar en ti...

–No soy tu tipo... –Susie lo miró con los ojos entrecerrados y se humedeció instintivamente los labios con la lengua. No había duda de que Sergio tenía un aspecto formidable sentado en su sofá, formidable, peligroso e increíblemente sexy.

–Estoy deseando romper el molde...

Pero Susie nunca había mantenido aventuras pasajeras. Era posible que hubiera roto con su último novio, pero aquella relación había nacido de la optimista idea de que duraría. Y aquello era muy distinto a aceptar una relación que no tenía ninguna posibilidad de durar.

–Tú también me dijiste que yo no era tu tipo –continuó Sergio con suavidad, y su voz fue como una caricia para Susie–. Puede que sea un caso de atracción de contrarios.

–¿No eres mi tipo?

–Entonces, ¿a qué vienen tantas dudas? Podemos entrar en esto con los ojos bien abiertos y disfrutar el uno del otro, o puedo salir ahora mismo por la puerta, y te prometo que no habrá una próxima vez. Nunca me he esforzado tanto por perseguir a una mujer. Se me ha agotado el interés por la persecución activa.

–Haces que todo suene tan frío... tan profesional...

–Si prefieres puedo envolverlo en palabras más bonitas –dijo Sergio con ironía–. Pero eso no cambiaría nada. Nos atraemos mutuamente. Siento que entre nosotros hay algo vivo... Y si te acercas un poco a mí y me acaricias, comprobarás hasta qué punto me atraes y cuánto deseo hacerte el amor ahora mismo.

El corazón de Susie interrumpió por un instante sus latidos. Permaneció muy quieta donde estaba. Sergio tenía razón. Había algo entre ellos y no tenía sentido negarlo. ¿Qué más daba que Sergio tuviera un punto de vista tan práctico al respecto? ¿Y qué más daba que fuera tan directo?

La romántica que llevaba dentro quería escuchar la florida palabrería que solía haber al comienzo de una relación, aunque, según su experiencia, toda aquella palabrería tampoco solía llevar a nada espectacular. Sergio le estaba dando una versión sin adornos de lo que había entre ellos.

–¿Sueles ser tan... frío y desapegado con las demás mujeres?

–Hablas demasiado –dijo Sergio, pero la sonrisa que acompañó a sus palabras hizo que Susie se derritiera un poco más. Tenía una sonrisa asombrosa. Alteraba los ásperos contornos de su precioso rostro y lo hacía repentinamente accesible... y aún más sexy.

Ruborizada, Susie apoyó la barbilla en sus rodillas, pero no dijo nada.

–¡De acuerdo! –Sergio alzó los brazos con un gesto mezcla de frustración y divertida resignación–. Soy muy realista en mi forma de abordar las relaciones. Nunca hago promesas que podría no cumplir.

–¿Y siempre estás al acecho por si las mujeres se acercan a ti porque eres rico?

–Así es.

–¿Y eso se debe a que has tenido alguna mala experiencia? –preguntó Susie.

–Podría decirse algo así. Y ahora, ¿se ha acabado el interrogatorio?

Susie permaneció en silencio, pensativa. Alguna mujer en la que Sergio confiaba había resultado ser una auténtica cazafortunas. Se preguntó cómo sería aquella misteriosa mujer. ¿Se habría enamorado Sergio perdidamente de ella? Pero no lograba imaginar a Sergio perdidamente enamorado de nadie. ¿Qué mujer habría tenido el poder necesario para lograr poner de rodillas a un hombre tan poderoso como aquel? Tenía que haber sido realmente especial...

–Deja de diseccionarme.

–¿Eh? –Susie parpadeó mientras salía de su ensimismamiento.

–Estás tratando de completar mi rompecabezas –dijo Sergio–. No lo hagas. Podemos disfrutar el uno del otro sin necesidad de análisis profundos. Ven a sentarte más cerca de mí. Me está volviendo loco verte ahí sin poder tocarte.

Susie se levantó, se estiró, y volvió la mirada hacia las rosas que inundaban su apartamento.

–Vas a tener que llevarte de vuelta la mayoría a tu apartamento –dijo para ganar tiempo. No quería caer en brazos de Sergio porque hubiera chasqueado los dedos. Se sentía como alguien con un pie al borde de un precipicio, aunque no entendía por qué, pues, como había dicho Sergio, el mutuo deseo no implicaba necesariamente la carga de una relación más profunda...

Aquella iba a ser una aventura que la iba a sacar de su zona de confort.

Había tratado de encontrar su alma gemela a través de las citas de Internet sin ningún éxito. Había salido con tipos considerados lo último en diversión, hombres llenos de creatividad, y solo había sentido la tentación de acercarse a uno de ellos... pero el tipo en cuestión había resultado ser demasiado divertido para su gusto.

Sergio Burzi ocupaba un lugar propio. Había puesto sus cartas sobre la mesa. Quería sexo y nada más. Susie ni siquiera estaba segura de lo que pensaba de ella. ¿Seguiría pensando que iba tras lo que estuviera dispuesto a darle?

Todo aquello resultaba tan extrañamente clínico... a pesar de que el sexo fuera lo menos «clínico» que había sobre la Tierra.

A ella no le gustaba lo «clínico», al menos en lo referente a las emociones, pero lo que Sergio despertaba en ella era tan abrumador...

Sintió cómo la seguía con la mirada mientras se encaminaba hacia la ventana y se volvió para mirarlo.

—Cuando te las lleves, te ayudaré a ponerlas en jarrones... o en algo parecido.

Sergio se relajó. Ni siquiera había sabido cuánto deseaba aquello.

—Tendrá que ser en algo parecido, porque en mi apartamento no hay jarrones. Será la primera vez que me devuelvan unas flores...

Pero siempre había una primera vez para todo.

Capítulo 4

SERGIO trató de apartar de su mente los pequeños detalles que no encajaban. ¿Qué más daba? A fin de cuentas, Susie no estaba siendo entrevistada para convertirse en su pareja de por vida. Todo aquello no era más que deseo, sexo. Sabía por experiencia que lo físico no duraba, por bueno que fuera. El tedio acababa adueñándose de todo, y no había manera de frenarlo cuando empezaba.

La ventaja de salir con mujeres de carrera era que tenían menos potencial para volverse dependientes. Sus exigentes trabajos, su ambición profesional, hacían que resultara más difícil que se volvieran dependientes, necesitadas.

Frunció el ceño, distraído por el camino que estaban tomando sus pensamientos.

–Un penique por ellos –dijo Susie.

–¿Disculpa?

–Por tus pensamientos. Estabas frunciendo el ceño –Susie sintió la tentación de acudir a sentarse a su lado, pero se contuvo. Seguro que Sergio estaba muy acostumbrado a conseguir lo que quería de las mujeres pero, aunque lo que hubiera entre ellos no fuera más que una mera atracción física, seguro que podían pasar un rato charlando.

–Sucede ocasionalmente –dijo Sergio a la vez que fijaba su intensa mirada en Susie.

–¿Por qué estabas frunciendo el ceño? Seguro que tienes todo lo que puedes desear de la vida. Aunque... –Susie se mordió pensativamente el labio inferior– no todo es dinero y posesiones, ¿verdad? Tienes un apartamento por el que mucha gente estaría dispuesta a matar, pero en la vida hay algo más que bonitos apartamentos y coches deportivos...

–¿Estás a punto de soltarme un discurso sobre el dinero y lo inútil que es tenerlo como meta en la vida?

–Eres tan cínico.

–Yo prefiero considerarme realista –Sergio palmeó el sofá a su lado y Susie acudió a sentarse un poco más cerca de él que antes, pero aún bastante apartada.

Sergio reprimió un suspiro de frustración. ¿Por qué había creído que aquel iba a ser un asunto sin complicaciones?

–Yo nunca he estado muy convencida de las ventajas que supone ser realista –dijo Susie–. Creo que el optimismo es mucho más importante.

–Y ese es precisamente el motivo por el que no soy tu tipo –replicó Sergio con suavidad.

–Te agradecería que dejaras de recordarme eso. Hace que me resulte más difícil pensar en hacer algo que no va a durar. No soy tonta. Sé que hay relaciones rompiéndose todo el rato. Pero nunca pensé que podría llegar a ser la clase de mujer capaz de involucrarse con un hombre en una relación sabiendo que no va a llegar a ninguna parte. Jamás pensé que perdería el tiempo de esa manera.

–Probablemente eso se deba a que es la primera

vez en tu vida que te sientes presa de esa cosa llamada
«deseo» –Sergio alargó una mano hacia ella y le acarició la muñeca–. El vestido rojo era más obvio, pero
el informal atuendo que llevas hoy está haciendo que
se desboque mi imaginación. ¿Llevas sujetador? No,
yo creo que no... Acércate un poco más para que
pueda averiguarlo. Si lo llevas, tendré que quitártelo,
por supuesto, porque quiero sentir tus pechos en mis
manos...

La respiración de Susie se volvió más agitada. ¿Cómo
iba a pensar correctamente con Sergio diciendo aquella
clase de cosas?

–Yo... tengo un novio –dijo débilmente–. Sé lo que
es... la atracción física.

–¿En serio? –Sergio tomó entre sus dedos el botón
inferior de la sudadera de Susie y le dio un tirón que,
aunque ligero, bastó para que sus pestañas revolotea-
ran como mariposas a la vez que su respiración se volvía aún más agitada.

Sergio tenía razón, pensó. Ella no sabía nada sobre
el deseo y la atracción física, al menos no sobre un deseo como aquel, que la estaba devorando con su intensidad.

–No te creo –dijo Sergio–. Siento cómo estás pal-
pitando por mí. Estás caliente y húmeda y no sabes
cuánto tiempo más vas a aguantar ahí sentada, con las
piernas cruzadas, simulando estar manteniendo una
conversación normal.

–Tú no lo sabes todo.

–Te sorprendería averiguar cuánto sé sobre el sexo.

–No estoy segura de querer escucharlo.

–Sé que quieres que te toque, y no puedes imaginar

cuánto deseo hacerlo yo. ¿Por qué crees que he venido? Esta es una de las pocas ocasiones en mi vida en las que he hecho algo que no tiene demasiado sentido...

A Susie le gustó cómo sonó aquello. Le gustó pensar que tal vez lo estaba volviendo un poco loco. Porque él la estaba volviendo bastante más que un poco loca, y deseaba tanto que la acariciara que apenas podía pensar con claridad.

—No llevo sujetador —murmuró, excitada y conmocionada por el descaro de aquella admisión.

—Déjame ver.

Las manos de Susie temblaron mientras alzaba su jersey. ¿De verdad estaba haciendo aquello? Sentía los pechos pesados, muy sensibles, y los pezones palpitantes. Había cerrado los ojos, pero los entreabrió para ver la expresión de Sergio. El calor de su mirada hizo que se sintiera mareada.

—Eres preciosa —murmuró Sergio a la vez que apoyaba una mano contra su erección para tratar de controlarla.

Los pechos de Susie eran grandes, y sus pezones grandes círculos rosas. Daba la impresión de no estar acostumbrada a desnudarse. Parecía indecisa, tímida.

¿Sería correcta aquella imagen? Le daba igual. Lo único que sabía era que la deseaba.

Reprimiendo un gruñido, atrajo a Susie hacia sí, de manera que sus pechos quedaron presionados contra él.

Buscaron ciega y mutuamente sus labios y la lengua de Sergio encendió a Susie como una chispa que hubiera caído sobre yesca. Susie entrecruzó los dedos con el moreno y espeso pelo de Sergio y se movió contra él, molesta con la barrera que suponía su ropa. Cuando él se apartó, lo buscó hambrienta con sus labios y lo besó en la boca y en el cuello mientras respiraba erráticamente contra su mejilla.

—Soy demasiado grande para este sofá —murmuró Sergio—. Dime que tienes una cama de verdad, no alguna tontería plegable...

—Tengo una cama, pero cruje y hace ruido.

—Eso bastará.

Susie no supo cómo acabaron en el dormitorio. Solo supo que acabó tumbada en su cama doble, que ocupaba casi toda la habitación y que desde allí contempló cómo se desnudaba Sergio.

Fue incapaz de apartar la mirada ni un instante del poderoso, deslumbrante y viril cuerpo de Sergio. Estaba en plena forma. Hombros anchos, bronceados, y un amplio pecho cubierto de un delicado vello que se estrechaba hasta llegar a la altura de su cintura, de sus estrechas caderas.

Susie abrió los ojos de par en par cuando Sergio se quitó los calzoncillos y dejó expuesta su impresionante erección. Le maravilló verlo tan excitado a causa de ella. Le parecía increíble que alguien tan peligrosamente sexy se sintiera tan atraído por ella.

Pero así era.

—¿Te gusta lo que ves?

Al escuchar el estrangulado sonido que surgió de la garganta de Susie a modo de respuesta, Sergio sonrió.

—Me tomaré eso como un sí... —añadió mientras avanzaba hacia la cama sin apartar la mirada de Susie—. Tócame —ordenó con voz ronca.

Susie se irguió sobre un codo, lo tocó con delicadeza y se envalentonó ante la reacción de Sergio, cuyo miembro se endureció aún más a la vez que él dejaba escapar un siseo de evidente excitación entre sus labios.

Susie lo rodeó con la mano y luego deslizó la lengua a lo largo de su cálida y palpitante carne. Sergio apoyó una mano en su cabeza para controlar los movimientos de su boca y de su lengua. Se estremeció, jadeó, exhaló el aliento temblorosamente... hasta que, finalmente, apartó a Susie, que alzó su mirada hacia él. Su rubia melena cayó en cascada por sus hombros. Aún llevaba puestos los pantalones del chándal, pero sus generosos pechos colgaban como fruta madura, suculentos, tentadores.

Sergio tuvo que permanecer muy quieto, pues estaba a punto de perder el control. Respiró profundamente y luego se tumbó en la cama junto a Susie, que se apartó para dejarle sitio.

–Tienes un cuerpo magnífico –dijo, y Sergio alzó las cejas, divertido, pues, aunque era consciente de su atractivo para las mujeres, no estaba acostumbrado a que manifestaran tan abiertamente su admiración.

Susie alzó una mano para deslizar un dedo por su clavícula. Un estremecimiento de excitación recorrió su cuerpo mientras rodeaba con la punta del dedo uno de sus pezones.

–Debes de ir mucho al gimnasio –murmuró.

–Cuando tengo tiempo.

Sergio apoyó una mano sobre el estómago de Susie y la deslizó bajo los pantalones de su chándal y sus braguitas hasta alcanzar la sedosa suavidad de su vello púbico. Entreabrió con delicadeza los húmedos pliegues de su vagina y buscó con el dedo su clítoris, que acarició con enloquecedora delicadeza hasta que Susie dejó escapar un gemido de placer.

–Tienes que quitarte eso... –dijo Sergio, casi con aspereza–. Estoy esforzándome por ir despacio, pero no puedo garantizarte que mis esfuerzos vayan a durar mucho más...

–No puedo creer que estemos haciendo esto...

–Reserva la incredulidad para luego. Me estás volviendo loco.

Demasiado como para seguir con la mano donde la tenía. Tiró de los pantalones y las braguitas de Susie, que alzó las caderas para facilitarle la labor. Luego se irguió para contemplarla desnuda bajo su cuerpo. El colchón estaba lleno de grumos y era cierto que la cama hacía ruido, pero Sergio reconoció que no podría haberse sentido más excitado en ningún otro sitio.

Inclinó la cabeza para tomar entre sus labios un suculento pezón que succionó mientras Susie se retorcía como una anguila. Incapaz de contener su creciente excitación, abrió instintivamente las piernas bajo el cuerpo de Sergio, que situó una rodilla entre ellas y, al sentir su cálida humedad, tuvo que contenerse de inmediato para no perder por completo el control y derramar su semilla sobre ella.

Algo que habría supuesto una primicia total... y una primicia que no deseaba.

Tras controlarse, dedicó su atención al otro pezón con su boca y sus dientes mientras seguía acariciando el anterior tomado entre sus dedos.

Los pechos de Susie eran generosos, más que generosos, dada su estatura, pero su estómago era plano y su cintura esbelta, y hacia allí dirigió la atención de su lengua mientras Susie dejaba escapar un gritito abochornado.

Aquella no era la mujer del vestido rojo. La mujer de rojo habría sido mucho más experimentada. La mujer de rojo habría jugueteado más, se habría esforzado en mantener su interés mostrándose inventiva y acrobática. Pero aquella era la chica del chándal amplio, sin maquillaje, con unas cuantas pecas dispersas por el puente de su nariz.

¿Y quién era?

Sergio apartó de inmediato aquella pregunta de su mente, pues aquel no era el momento de pararse a pensar en quién era Susie o cuáles eran sus motivos.

Cuando deslizó la lengua entre los delicados pliegues que ocultaban su clítoris, sintió cómo se excitaba este a la vez que Susie alzaba sus caderas y le permitía introducir las manos bajo sus firmes nalgas.

Aturdida, Susie contempló la oscura cabeza que se movía entre sus muslos. Ninguna experiencia previa en su vida la había preparado para aquel nivel de erotismo. Una parte de ella no podía creer en la desinhibición que estaba mostrando, mientras la otra se dedicaba a disfrutar de cada instante de aquella increíble experiencia.

Cuando sentía que estaba a punto de alcanzar el clímax, Sergio se irguió con un ronco gemido y la penetró de un solo y profundo movimiento, como si fuera incapaz de controlarse más. Pero se retiró con tanta rapidez como había entrado a la vez que mascullaba una maldición.

–¿Qué... qué sucede? No puedes parar ahora... por favor...

–Necesito un preservativo. No puedo creer...

Sergio no podía creer que hubiera hecho lo impensable, que su excitación lo hubiera llevado a penetrar a Susie sin protección, aunque solo hubiera sido por un segundo.

Se puso el preservativo con dedos temblorosos y volvió a penetrarla con un nuevo y profundo empujón.

Al sentir cómo la colmaba, duro y palpitante en su interior, Susie sintió deseos de gritar. Cuando Sergio empezó a moverse dentro de ella, Susie lo rodeó con los brazos por el cuello y se dejó llevar hasta que sus movimientos acabaron siendo perfectamente sincronizados.

El orgasmo que alcanzó fue apabullante, embriagador, y remitió tan gradualmente que casi pareció eterno... y un instante después supo que Sergio también lo había alcanzado al sentir cómo se estremecía fuera y dentro de ella con un gemido ronco y prolongado.

Después se tumbó junto a ella y se cubrió el rostro con el brazo.

Aquel solía ser el momento en que su mente volvía lenta pero inexorablemente a pensar en el trabajo. Era increíble la facilidad con la que podía centrarse en ello tras haber hecho el amor.

En la mayoría de las ocasiones concedía unos minutos a su cuerpo para que se recuperara y luego salía de la cama y se encaminaba al baño a tomar una ducha, no sin echar un rápido vistazo al portátil que siempre tenía a mano.

Pero aquella ocasión fue distinta. Cuando Susie se acurrucó contra él, no sintió el impulso de liberarse de aquella comprometida posición. Lo que, teniendo en cuenta las numerosas dudas que tenía sobre ella, resultó realmente extraño.

–¿He estado bien? –preguntó Susie tímidamente a la vez que apoyaba una mano sobre el pecho de Sergio.

Sergio no recordaba a ninguna otra mujer que hubiera acabado una ardiente sesión de sexo con aquella pregunta. Sonrió y apartó un mechón de pelo del rostro de Susie.

–Ha sido terrible –dijo seriamente, y sonrió cuando Susie le palmeó el brazo tras un instante de horrorizada duda–. Quería decir brillante –murmuró con total sinceridad.

–No esperaba que fueras a venir... –dijo Susie con suavidad mientras contemplaba el perfil de Sergio.

Sergio suspiró. Había que dejar ciertas cosas claras, y Susie debía saber que aquello era solo pasajero. Una especie de virus que desaparecería rápidamente de su sistema. Sintió que lo estaba mirando con sus grandes ojos marrones, sintió la suavidad de sus pechos contra su brazo... y su cuerpo lo sorprendió volviendo a excitarse.

–A veces suceden cosas inesperadas –dijo a la vez que apoyaba una mano con firmeza contra su erección, porque no pensaba hacer nada al respecto hasta que hubiera dicho lo que tenía que decir.

Se volvió hacia Susie y aspiró su delicado aroma floral.

–Lo que no quiere decir necesariamente que signifiquen nada especial.

—¿Qué quieres decir?

—Digamos que... antes me has dicho que preferías el optimismo al realismo.

—He dicho que prefería el optimismo al cinismo. ¿Qué sentido tiene ser cínico? ¿Qué sentido tiene esperar nada de la vida si se tiene un punto de vista negativo sobre ella?

Sergio se distrajo momentáneamente con el pequeño y bonito lunar que adornaba una mejilla de Susie.

—Viviendo en un sitio como este, resulta bastante extraordinario que seas capaz de enfrentar cada día con optimismo.

—Resulta increíblemente esnob que digas algo así.

—Puede que tengas razón —reconoció Sergio. Stanley le había dicho algo muy parecido un rato antes en el ascensor.

—Puedes ser rico y empatizar de todos modos con gente que no lo sea.

—Por supuesto que empatizo con personas que no tienen dinero. Stanley, mi chófer, no procede precisamente de la aristocracia —Sergio se pasó una mano por el pelo mientras se preguntaba cómo habían acabado hablando de aquello.

—Eso no es empatizar, sino reconocer, que no es lo mismo. Pero lo que has hecho por él ha estado muy bien.

—¿Disculpa?

—Stanley me contó que lo ayudaste a salir adelante después de haber pasado una temporada en prisión. Me dijo que no habría sabido muy bien qué hacer si no hubieras aparecido para rescatarlo de sí mismo.

—¿Stanley te dijo eso? —preguntó Sergio, asombrado–. Nunca suele hablar de su pasado. Se supone que tenía que llevarte de vuelta a tu apartamento, no contarte su vida. Voy a tener que hablar con él. La discreción es siempre la virtud más necesaria para la profesión de chófer.

–¡No le digas nada, por favor! La gente tiende a confiar en mí.

Aquello pareció distraer a Sergio del tema de Stanley.

–¿Qué quieres decir con que la gente tiende a confiar en ti?

–Es una de las cosas que se me da realmente bien. Por algún motivo, hago que la gente se sienta cómoda... –Susie rió tímidamente–. Es uno de mis escasos talentos.

–¿Cómo hemos llegado a hablar de esto?

–No sé. Me estabas contando que el hecho de que te hayas presentado aquí no significa nada –Susie no podía soportar la idea de que Sergio fuera a decirle que ya había tenido suficiente y que era hora de despedirse–. Pero eso ya lo sé.

–No estoy interesado en forjar una relación contigo, Susie.

–Lo sé. No soy tu tipo –replicó Susie rápidamente, antes de que Sergio añadiera algo aún más doloroso.

–Ni aunque lo fueras.

–¿Ni aunque fuera una de esas mujeres de alto perfil profesional?

–Ni siquiera en ese caso.

–¿Y eso por qué? ¿Nunca vas a querer asentarte y echar raíces?

Sergio se encogió de hombros.

–Supongo que algún día querré, pero cuando me decida me aseguraré de elegir una mujer con la que pueda funcionar adecuadamente. No busco lazos emocionales.

Sergio sabía de primera mano adónde podían llevar los lazos emocionales. Había visto a su padre destrozado por una joven que jugó con sus emociones y luego utilizó su debilidad para llevarse todo lo que pudo. Había visto lo que sucedía cuando uno perdía el control de sus emociones.

–Oh, comprendo.

–¿En serio?

–Sí.

Susie sintió de pronto que estar tumbada y desnuda junto a Sergio resultaba algo demasiado íntimo. Salió de la cama, tomó la manta que había a los pies de esta para envolverse y encendió la luz del dormitorio antes de salir para ir al baño.

Necesitaba poner en orden sus pensamientos.

Sergio estuvo a punto de seguirla, pues no entendía que hubiera reaccionado así por una simple advertencia, pero se detuvo al fijarse en la estantería que había a un lado de la cama.

El estante superior estaba abarrotado de gruesos libros de pintura, y los tres restantes estaban llenos de ilustraciones de distintos tamaños pintadas en cartón. Tomó algunas para echarles un vistazo. Eran exquisitas. Muy detalladas. Algunas representaban pájaros, otras flores, otras personajes famosos de dibujos animados en cómicas poses.

Susie no había mentido... al menos respecto a aquello.

Aunque eso no suponía ninguna diferencia. Tal vez no fuera una cazafortunas, como había pensado al principio, pero...

Cuando salió al cuarto de estar escuchó el agua de la ducha. Mientras esperaba, echó un vistazo y se fijó en otros pequeños objetos de adorno bastante caros que había en las estanterías.

Estaba claro que Susie tenía gustos caros. ¿Ahorraría el poco dinero que ganaba para gastárselo en objetos caros?

¿O serían regalos de examantes?

Apartó a un lado aquel pensamiento y fue directamente a abrir la puerta del baño. Como esperaba, no incluía algo tan sofisticado como una cerradura.

Susie dio un grito de sorpresa cuando Sergio apartó la cortina. Este sonrió abiertamente cuando vio cómo trataba de cubrir todas sus partes íntimas con las manos, lo que dejó expuesto un bonito pezón y parte de su vello púbico.

–¡Si no te importa! –casi gritó Susie, que aún estaba echando humo por haber ignorado todos los indicios de peligro y haberse metido en la cama con alguien que había llenado su apartamento de estúpidas rosas y ahora estaba buscando una manera de librarse de ella.

–A mí no me importa... –dijo Sergio con una lenta sonrisa mientras se metía en la ducha con ella, pensando que aquello era demasiado bueno como para dejarlo ya.

–¿Qué haces? ¡No te quiero aquí conmigo!

–¿Por qué no? Puedo alcanzar muchos lugares que tú no alcanzas con el jabón... –Sergio tomó el rostro de Susie entre las manos y la besó mientras el agua caía sobre ellos.

Susie hizo lo posible por resistirse. Estaba confundida. ¿Podía hacer aquello? ¿Era realmente ella? ¿Era realmente capaz de tener una aventura con un tipo que acababa de dejarle bien claro que aquello no iba a ninguna parte?

¿Y tenía por qué ir una relación a alguna parte? Ella era esencialmente romántica, alguien que creía en el amor y los finales felices, pero la vida no era así en la mayoría de las ocasiones... ¿y qué sentido tenía negarse a uno mismo entre tanto el estímulo de la aventura, la diversión de la búsqueda, la excitación de lo desconocido?

La boda que se avecinaba y su empeño en acudir a ella acompañada por alguien medio decente le había hecho perder la perspectiva. Para demostrar a su familia que era capaz de ello, se había vuelto desesperada por encontrar a un hombre adecuado, y su desesperación le había hecho perder la perspectiva.

No necesitaba garantías de ningún tipo para divertirse un poco. Sergio había sido brutalmente sincero y ella había aprendido una lección de aquella sinceridad: acepta lo que está en oferta y no pidas nada más, o déjalo de inmediato...

—He demostrado una gran falta de tacto —murmuró Sergio cuando se apartó de ella para mirarla—. Discúlpame —añadió mientras tomaba el jabón para frotarlo y producir espuma antes de empezar a deslizarlo por el cuerpo de Susie.

Le enjabonó la espalda, las nalgas, y luego el estómago. Para cuando sus manos alcanzaron los pechos de Susie, esta ya no estaba pensando con claridad. De hecho, no estaba pensando en absoluto.

–Te lamería los pezones –murmuró Sergio–, pero esto es tan estrecho que no voy a poder permitirme ese lujo. La próxima vez que hagamos algo bajo el agua no va a ser aquí. Tendrás que conformarte con que te los acaricie con las manos... ¿te gusta? ¿Cuánto te gusta...? Tienes unos pezones fantásticos... bonitos, grandes, y muy comestibles... ¿Quieres que te diga lo que me gustaría hacer ahora de verdad?

–¡No! Ya me estás poniendo demasiado caliente...

–Eso me gusta. Podríamos volver a la cama, pero me está gustando esta experiencia, estoy disfrutando pensando en lo que podríamos hacer si tuviéramos un poco más de espacio... podría arrodillarme y lamerte con mi lengua... ¿te gustaría?

–Basta... –rogó Susie.

Deseaba tanto tenerlo dentro que casi le dolía. Pero Sergio tenía razón. La cabina de la ducha era realmente diminuta, como todo en aquel apartamento. Sergio ni siquiera podía alzarla para penetrarla mientras ella lo rodeaba con las piernas por la cintura...

–Juega conmigo –dijo él, casi con urgencia–. Hay otras formas de obtener satisfacción...

Sergio apoyó una mano en la pared de la ducha. Su poderoso cuerpo se estremeció mientras Susie le daba placer con la mano hasta que descendió de su clímax.

El cuerpo de Susie también estaba anhelante. Separó las piernas y gimió con suavidad cuando Sergio introdujo sus dedos en ella. Mientras él la acariciaba expertamente, ella echó atrás la cabeza sin preocuparse por el hecho de que la estuviera viendo en un momento tan íntimo. Las caricias de Sergio la llevaron rápidamente al orgasmo. El agua del termo empezaba a enfriarse cuando recuperó el ritmo normal de su respiración y miró a Sergio con expresión de somnolienta satisfacción.

Sergio cerró el agua de la ducha y empezó a secarla con gran ternura. Susie se sentía agotada, como una muñeca de trapo, y le dejó que la llevara en brazos de vuelta al cuarto de estar.

—Disculpa si te he ofendido siendo tan franco —dijo él tras dejarla en el sofá con el albornoz puesto—. Solo quería asegurarme de que no hubiera confusiones.

—Lo sé —dijo Susie, consciente de que Sergio le estaba ofreciendo una salida si no quería aceptar sus condiciones—. Pienses lo que pienses, no soy ninguna niña, y tampoco voy tras tu dinero. Puedo cuidar de mí misma y comprendo perfectamente lo que estás diciendo. Nada de implicaciones, excepto las de índole sexual —se encogió de hombros—. Solo un poco de diversión desenfadada... Parece una idea brillante.

Sergio sonrió de oreja a oreja.

—Muy bien —dijo, evidentemente satisfecho—. En ese caso, siéntate a mi lado y háblame de todas esas pinturas y dibujos que he visto en tu dormitorio...

Capítulo 5

LA TEMIDA boda había llegado. Susie prácticamente la había olvidado debido a la novedad y la emoción de estar con Sergio, aunque su madre y su hermana se habían encargado de recordarle a menudo que debía comprarse un vestido.

Midiendo un metro sesenta y cinco, con cierta tendencia a engordar, y su indomable melena rubia, elegir un vestido siempre suponía un problema.

Pero se había comprado uno, y en aquellos momentos, sentada en la cama con las piernas cruzadas, lo estaba mirando sin realmente verlo.

Sergio no iba a acompañarla a la boda, por supuesto. Y eso a pesar de que llevaban dos meses saliendo. Dos apasionados, sensuales y maravillosos meses.

Susie sintió que se le hacía un nudo en la garganta al pensar que el final de todo aquello estaba dolorosamente cerca. O al menos sería doloroso para ella, que había desobedecido las órdenes de Sergio de no implicarse demasiado, de no ver su relación como algo más de lo que era: sexo fantástico. Aquella era la esencia de su relación. Cuando estaban juntos no eran capaces de mantener las manos quietas. Sergio le había confesado que estaba sorprendido por el hecho de que su aventura se hubiera prolongado más allá de dos semanas, y Susie había interpretado que, por magnífico que fuera el sexo entre ellos, ella no tenía lo que había que tener para retener su interés.

Aquella noche no iba a ver a Sergio porque estaba en Nueva York, firmando un importante trabajo. Llevaba dos días allí y aún iba a pasar allí el fin de semana, precisamente cuando se celebraba la boda, de manera que Susie ni siquiera había tenido que evitar hablar del asunto.

Y no precisamente porque Sergio se hubiera ofrecido a acompañarla. Ella le había confesado que con sus citas a través de Internet había tratado de encontrar el amor de su vida para poder llevarlo a la boda de su prima y aplacar así los rumores sobre su incapacidad para encontrar a un hombre adecuado.

Sergio se había reído y le había dicho que nunca había escuchado un motivo más absurdo para buscar a los perdedores que se ofrecían en Internet para ver qué podían pillar.

Susie se tumbó en la cama y miró el techo mientras consideraba sus opciones. A su lado estaba la pequeña tira de brillantes líneas azules que anunciaban que su vida había acabado, al menos tal y como la conocía.

¡Estaba embarazada!

Sergio había sido siempre muy precavido, excepto el primer día, cuando la penetró para retirarse casi de inmediato... aunque, por lo visto, no lo suficientemente rápido.

Susie estaba segura de que saldría corriendo a la velocidad de la luz en cuanto se enterara. No dudaba de que fuera a ofrecerle ayuda económica, pero sabía que a Sergio no le interesaban las relaciones a largo plazo.

Su vida iba a cambiar radicalmente, pero no iba a tener a nadie a su lado. Sus padres iban a llevarse una gran decepción. Su madre lloraría un poco y su padre le diría que tendría que volver a casa con ellos, aunque lo cierto era que pasaban casi todo el tiempo en su casa en el campo, de manera que tampoco iban a estar cerca para echarle una mano con el bebé. Su hermana Alex y ella siempre habían tenido niñera, de manera que no era muy probable que un nieto sorpresa fuera a convertir a sus padres en la clase de abuelos que disfrutaban llevándolo al parque en su cochecito a dar de comer a los patos.

Y Alex también se llevaría una gran decepción. «¿Cómo has podido ser tan descuidada? ¡Los métodos contraceptivos son precisamente para prevenir esa clase de cosas!».

Todo el mundo iba a sentirse decepcionado.

Experimentó una oleada de autocompasión. Aquello había sucedido justo cuando su trabajo como ilustradora *freelance* empezaba a arrancar, cuando estaba a punto de conseguir que un importante museo le encargara ilustrar un libro de historia natural que pensaban publicar al año siguiente...

En aquel momento sonó su móvil y, al ver en la pantalla que era Sergio quien llamaba, no supo si responder. La había llamado dos veces al día desde que estaba en Nueva York. Finalmente, la tentación de escuchar su profunda y sensual voz se impuso.

—Hola.

—¿Qué sucede? —preguntó de inmediato Sergio.

—Nada —Susie trató de imprimir a su tono su alegría habitual, pero le faltó la energía necesaria para hacerlo convincentemente–. ¿Qué tal van las cosas en tu trabajo? –añadió rápidamente para tratar de disimular.

–Suéltalo de una vez, Susie. ¿Qué te preocupa? Nunca me habías preguntado por mi trabajo. ¿Dónde se ha ocultado mi sexy charlatana?

Susie se tensó. Sexy. Charlatana. Aquello era lo que Sergio veía en ella, pensó con amargura. Era alguien con quien meterse en la cama y que hablaba mucho. Lo aburría parloteando sobre su trabajo, sobre sus ilustraciones, sobre cómo le había ido el día. Sergio siempre la escuchaba, pero eso no significaba que la escuchara con interés.

–No estarás angustiada por lo de la boda, ¿no? –añadió Sergio, preguntándose si debería decirle que había decidido sorprenderla con su presencia. No quería que se llevara un impresión equivocada, y las bodas eran ocasiones muy propicias para ello. Normalmente no le interesaba conocer a las familias de las mujeres con las que se acostaba, pero le intrigaba que, siendo tan extrovertida como era, Susie fuera tan reticente a hablar de su familia.

¿Qué ocultaba? Los secretos le incomodaban. Le gustaba conocer bien el terreno que pisaba. Le gustaba mantener el control sobre lo que lo rodeaba, y si ello implicaba conocer a los parientes de Susie, que así fuera.

–Eh... Supongo que sí... –contestó Susie–. Ya sabes... habrá mucha gente, tendré que charlar con parientes a los que no veo hace siglos.

–Charlar se te da bien.

Susie apretó los dientes.

–También estoy empezando a pensar que debería

haber comprado el vestido azul en lugar del marrón. El marrón es un color tan soso...

—A mí me pareció que estabas muy sexy cuando te lo probaste para mí —murmuró Sergio mientras se imaginaba a sí mismo quitándoselo. O tal vez no se lo quitaría. Tal vez se limitaría a subirle la falda y a poseerla aún vestida, incluso con los tacones.

Se relajó, cómodo con sus pensamientos sobre el magnífico sexo del que iban a disfrutar. Encontrarían algún lugar apartado y tranquilo... asumiendo que hubiera algún sitio así en el lugar en el que iba a celebrarse la boda. Solo sabía que era en el campo, en Berkshire. Tenía las señas, pero no significaban nada para él, pues apenas solía tener interés en salir de Londres.

—De hecho... —añadió en un tono de voz más ronco— he estado teniendo algunas fantasías muy interesantes relacionadas con ese vestido.

Susie no quería escucharlas. No quería que Sergio le recordara que todo aquello solo tenía como base el sexo y la charlatanería. Y tampoco quería sentir cómo se estaba humedeciendo, cómo estaba deseando acariciarse entre las piernas...

—¿No deberías estar concentrado en tu trabajo en lugar de andar fantaseando sobre mi insulso vestido marrón?

—Eres encantadora cuando buscas cumplidos, Susie...

—¡No estaba buscando cumplidos!

—Claro que sí. Quieres que te diga que tu vestido no es marrón, ni soso. Quieres que te diga que, si te pusieras ese vestido solo para mí, insistiría en que no llevaras sujetador, pero, teniendo en cuenta que eso no va a ser así, insisto en que te pongas el sujetador menos atractivo que tengas. No quiero imaginar los ojos de otro hombre dedicando una lasciva mirada a tus pechos. Esos pechos son solo para mis ojos...

—Basta... —Susie odiaba la facilidad que tenía Sergio para hacer que le ardiera la sangre en las venas.

—No pararía —murmuró Sergio roncamente—, pero tengo una cita en pocos minutos, y...

—Y el tiempo es dinero. Sí, lo sé —interrumpió Susie. Aquello era lo que siempre decía Sergio en tono burlón, y se había convertido en una especie de mantra privado entre ellos—. No sé si podré verte el domingo cuando vuelvas —añadió—. La celebración no terminará hasta última hora de la noche del sábado, y estoy pensando en quedarme el domingo para charlar con algunos parientes que no veo desde hace tiempo.

—Creía que esa era una de las cosas que no te apetecía.

—Hay algunos a los que sí me apetece ver. Podríamos quedar para la semana siguiente...

—No hay problema —dijo Sergio en tono desenfadado, pensando que iban a verse bastante antes de lo que Susie creía.

—¿No hay problema? —repitió Susie.

—Yo te llamaré.

—De acuerdo. Sí. Llámame.

—Ahora tengo que dejarte. Nos vemos... cuando nos veamos —dijo Sergio antes de colgar.

Susie se quedó mirando el móvil unos segundos. Sergio no había manifestado la más mínima decepción al saber que no iban a verse el fin de semana, cuando volviera de Nueva York.

¿Se estaría cansando ya de ella? Siempre había sabido que aquello iba a suceder antes o después, pero no pudo evitar sentirse desesperada ante la posibilidad de que el proceso ya hubiera empezado, y también enfadada consigo misma por no ser más fuerte. A fin de cuentas, aquello iba a suceder en cualquier caso en cuanto detonara su bomba informativa bajo la meticulosamente organizada vida de Sergio.

Aquella noche apenas fue capaz de dormir y a la mañana siguiente despertó tarde, lo que hizo que tuviera que acelerar todos los preparativos para acudir a la boda.

La ceremonia iba a tener lugar a las tres en la pequeña iglesia del pueblo en que vivían sus tíos. Era la clase de lugar pintoresco que solo podían permitirse los más ricos. Nadie habría adivinado que se trataba de un lugar utilizado por muchos hombres de negocios para acudir a la City, donde podían ganar suficiente dinero para instalar a sus familias en las grandes mansiones que había en aquella zona de Berkshire.

De pequeñas, a Susie y a su hermana Alex siempre les había gustado acudir allí a ver a su prima. Clarissa, de veintidós años, y su futuro marido, eran buenos candidatos para el estilo de vida de Berkshire. Él era un joven y prometedor abogado y ella estaba destinada a ser la perfecta ama de casa.

Cuando estaba a punto de salir, Susie se detuvo un momento ante el espejo para mirar su aún plano vientre. Era posible que, para decepción de su madre, Clarissa se hubiera adelantado a Alex y a ella a la hora de casarse, pero ella iba a ser la primera en darle un nieto.

En el trayecto a la iglesia, que finalmente tuvo que

hacer en taxi para llegar a tiempo, logró relajarse un rato, pero sus nervios volvieron a aflorar cuando se reunió con el grupo de casi doscientos invitados que aguardaban ante la iglesia, entre los que se encontraban sus padres y su hermana.

Durante la ceremonia afloró la incurable romántica que llevaba dentro y no pudo evitar que se le saltaran las lágrimas, emocionada y orgullosa por el maravilloso aspecto de su prima con su deslumbrante vestido de novia color merengue.

Una vez fuera de la iglesia se hicieron cientos de fotos y, a continuación, los recién casados fueron conducidos a la casa de los padres de Clarissa en un Bentley blanco. Los demás recorrieron el trayecto en diversos coches.

Sentada entre su madre y su hermana Alex, Susie esperó a que esta terminara de hablarles de su ascenso, que iba a convertirla en la neurocirujana más joven de uno de los principales hospitales de Londres. Cuando se produjo un hueco en la conversación, Susie contó lo más animadamente que pudo que por fin empezaba a ver la luz en su intento de conseguir clientes para sus ilustraciones.

–¿Y cómo va el frente de los hombres, cariño? –preguntó su madre–. Pensé que a lo mejor nos sorprendías presentándote con alguno en la boda.

–Eh... te aseguro que los hombres interesantes no abundan, mamá. Todos están ocupados dejándose conquistar por reinas de la belleza como Clarissa.

–Hoy estás encantadora, cariño.

–¿Y qué me dices de los demás días? –preguntó Susie con ironía.

Louise Sadler le palmeó cariñosamente el brazo.

–No vendría mal que añadieras a tu vestuario de vaqueros y camisetas algún vestido más femenino. Tienes un aspecto de ensueño cuando te pones uno...

–Más bien de pesadilla –dijo Susie mientras la mansión de Kate y Richard Princeton aparecía en todo su esplendor ante su vista–. Me gustan los farolillos que bordean el camino.

–En mi opinión es un poco demasiado, pero ya conoces a mi hermana –dijo su madre con un suspiro–. Nunca ha sido capaz de resistir la tentación de tratar de impresionar a todo el mundo. Aunque supongo que tiene cierta lógica, dado que Clarissa es la primera de la familia en casarse. Espero que tú seas la próxima...

–O Alex –Susie dio un discreto codazo en las costillas a su hermana, que enseguida comentó que, dado el momento en que se encontraba en su trabajo, ni siquiera tenía tiempo para pensar en la posibilidad de casarse.

Susie pensó que Alex era la clase de mujer que atraería a Sergio. Ella era la excepción que confirmaba la regla. ¿Acaso no era ese el motivo por el que nunca había mencionado a su familia de altos vuelos? Si Sergio no llegaba a conocer a su familia, no se preguntaría qué diablos hacía saliendo con ella.

Consciente de que aquel pensamiento no era justo, se esforzó por apartarlo de su mente.

En el esquema general de las cosas, sus tontas inseguridades eran el menor de sus problemas.

–Yo no creo en el matrimonio –declaró para asombro de su hermana, su madre y su padre, que volvió la cabeza para mirarla con el ceño fruncido.

—¿Desde cuándo?

—Desde... que vivo en Londres —contestó Susie animadamente—. Creo que, si una mujer quiere llevar una vida independiente, más le vale olvidarse de tener un hombre al lado dándole la lata sobre cuándo va a estar lista la cena mientras él se dedica a ver algún partido.

—Está claro que necesitas librarte de una vez de esos jóvenes con los que sales... —dijo Louise Sadler con gesto de desagrado.

—Creo que hoy en día es perfectamente aceptable que una mujer críe a un hijo por su cuenta —soltó Susie mientras el chófer de su padre detenía el coche y se apresuraba a salir para abrir las puertas—. Me ha llevado tiempo comprenderlo, ¡pero más vale tarde que nunca!

A continuación salió prácticamente corriendo del coche y se unió al grupo más cercano de invitados que se encaminaban hacia la entrada de la mansión.

Susie conocía a muchos de los invitados, que habían acudido de todas partes del mundo, pero apenas tuvo de charlar un momento con los recién casados para transmitirles sus felicitaciones.

La marquesina, que ocupaba gran parte del enorme jardín trasero de la mansión, era espléndida. Los arreglos florales de las mesas eran tan grandes que habría sido imposible meterlos por la puerta de su diminuto apartamento, y habrían ocupado más espacio en su sala de estar que...

Que varias docenas de rosas surtidas.

Sergio y ella habían llevado la mayoría de las flores al apartamento de este la mañana siguiente del día en que se había presentado con ellas. Se habían reído mucho y, como era de esperar, acabaron en la cama... y desde entonces habían seguido cayendo en la cama constantemente porque les resultaba imposible no hacerlo.

Sintió que se le hacía un nudo en la garganta y estaba a punto de sonreír para ocultar aquel momento de tristeza cuando escuchó una profunda voz a sus espaldas.

–Hola.

Susie se volvió, conmocionada, y apenas pudo creer lo que vieron sus ojos.

Estaba en una zona apartada del jardín, medio oculta por un denso parterre de flores, con una copa de champán en la mano y, por unos instantes, fue incapaz de pronunciar palabra.

–¿Sorprendida? –preguntó Sergio con suavidad.

Si Susie lo estaba, no lo estaba menos él. No había tenido verdaderos motivos para dudar de su inicial suposición de que Susie procedía de orígenes humildes. De hecho, cuando Stanley lo había llevado hasta allí se había atrevido a dudar de su habilidad para interpretar un mapa. Pero había quedado claro que Stanley sí sabía interpretar un mapa.

Y ahora estaba allí.

Y Susie también estaba allí, mirándolo como si esperara que fuera a disolverse en cualquier momento en una nube de humo.

–¿Qué haces aquí? –preguntó Susie.

–No he podido resistirme a la perspectiva de arrastrarte tras un matorral para hacer algunas travesuras. Hay algo en ese vestido que...

—Se suponía que estabas cerrando un trato en Nueva York.

—Me gusta hacer algo inesperado de vez en cuando. ¿Dónde están la radiante novia y el afortunado novio? La verdad es que... esto no es lo que había anticipado.

Susie se ruborizó culpablemente. Sabía por qué no había dicho una palabra sobre su familia. Si lo hubiera hecho, Sergio la habría visto como una niña rica más, empeñada en hacer algo parecido a trabajar porque sabía que cuando se cansara o aburriera su familia acudiría en su rescate. ¿Y por qué iba a salir alguien como Sergio con alguien así?

—¿Y qué habías anticipado?

—¿Por qué me has permitido creer todo este tiempo que no tenías dinero?

—Yo no te he permitido creer nada. ¿Has decidido venir aquí para comprobar cuáles son mis orígenes?

—Ya hace dos meses que somos amantes, y me gusta saber exactamente en qué me estoy metiendo —contestó Sergio con frialdad.

—¿Y qué habría pasado si hubieras averiguado que mis orígenes eran realmente humildes, o que tenía antecedentes criminales? Supongo que te habrías librado de mí inmediatamente.

—No suelo plantearme situaciones hipotéticas. En cualquier caso, nunca te tomé por alguien que procediera de un largo linaje de ladrones de trenes...

Susie pensó que aquello lo decía todo.

De pronto todo pareció muy complicado. Sus padres adorarían a Sergio. Era precisamente la clase de hombre que esperaban que algún día llevara a casa. ¿Pero qué sentido tenía presentarles a alguien que no iba a seguir a su lado? Y cuando les dijera que estaba embarazada...

Susie se puso lívida. Sus padres iban a deducir de inmediato la identidad del padre y, dado lo tradicionales que eran, probablemente considerarían su deber enfrentarse a él.

—No deberías haber venido —dijo con firmeza.

Sergio entrecerró los ojos.

—No era esa la reacción que esperaba...

—Esta no es una relación normal, Sergio. Esto es... sexo, y conocer a mi familia no formaba parte del trato... —Susie se obligó a decir aquello porque necesitaba empezar a distanciarse cuanto antes.

—Pero ahora estoy aquí...

—No porque hayas querido venir como mi acompañante. Si tuviéramos una relación normal, habríamos venido aquí juntos. Tú habrías querido conocer a mis padres, habrías querido dar un paso más hacia el futuro...

—¿De dónde te has sacado todo eso?

—¿Acaso importa? Solo estoy describiendo las cosas como son. Te has presentado aquí para comprobar cuáles son mis orígenes, para investigarme. Supongo que ahora que estás aquí y que mi familia ha pasado la prueba, querrás conocerlos, ¿no?

—Creo que tu reacción está siendo desproporcionada, y me pregunto por qué...

Sergio posó su penetrante mirada en el ruborizado rostro de Susie, que tuvo que esforzarse para mantener su respiración bajo control.

—Estoy un poco tensa —murmuró Susie a la vez que bajaba la mirada—. No sucede todos los días que el hombre con el que estás saliendo decide inspeccionar a tu familia para asegurarse de que no son unos exconvictos.

—Ese no es el único motivo por el que he venido.

Sergio estaba deseando dejar pasar aquello. Lo que tenían Susie y él era bueno... mejor que bueno. No quería que empezara a hacerse ideas sobre el papel que iba a jugar en su vida porque estaba en la boda de su prima.

—Ah, ¿no? Entonces, ¿por qué has venido?

—Porque te echaba de menos —contestó Sergio con una lenta sonrisa.

—¿Por qué para ti todo se reduce al sexo?

Susie pudo leer aquella sonrisa con tanta facilidad como habría podido leer un libro, pero no por ello se vio menos afectada por ella.

—También me gusta ganar dinero. Además, ya sabes cómo pienso. No necesito que te pongas llorosa e histérica. He venido para asegurarme de que no estabas jugando conmigo. Pero, como ya he dicho, ese no ha sido el único motivo. Y ahora que estoy aquí, tus familiares y amigos van a extrañarse si te muestras reacia a la hora de presentarles a tu acompañante. Así que relájate, Susie.

Susie había olvidado lo desconfiado que era Sergio, pero aquello le hizo recordarlo con toda crudeza. Se había enamorado de un hombre que jamás le permitiría acercarse del todo a él. Siempre habría un reducto inalcanzable de su personalidad para ella. Era un amante encantador, seductor, pero una relación verdadera supondría una amenaza para su autocontrol, y Sergio nunca permitiría que eso sucediera. Casi había logrado olvidar aquel detalle, y estaba resultando muy doloroso recordarlo.

—¡Estoy relajada!

—Casi podrías haberme engañado —murmuró Sergio—. Pero creo que sé cómo relajarte...

Cuando besó a Susie en los labios, escuchó un susurro de protesta, pero enseguida sintió cómo se apoyaba contra él y se dejaba llevar. Finalmente se apartó de ella y le dedicó una sensual mirada.

—Mucho mejor.

—¡Mamá...! ¡Alex...! —casi gritó Susie al ver aparecer ante ellos a su madre y su hermana—. Este es... Este es...

—Yo ya sé quién eres.

Susie suspiró al ver que su hermana mayor hacía lo mismo que la mayoría de las mujeres cuando los profundos y oscuros ojos de Sergio se posaban en ellas. Su brillante, perspicaz, independiente y preciosa hermana se ruborizó.

—Mamá, este es Sergio Burzi. Puede que sea neuróloga —añadió con tímida coquetería—, pero incluso yo sé quién eres. ¿Cómo conociste a Suez?

—¡Pequeña pícara! —dijo Louise Sadler con una sonrisa de oreja a oreja—. Tenías bien oculto a este en tu sombrero. Supongo que querías sorprendernos, ¿no?

—O puede que no quisiera decir nada por temor a que su cita no se presentara —dijo Alex—. Supongo que tiene su agenda realmente llena, señor Burzi...

—Llámame Sergio, por favor...

—Supongo que no me recuerdas, pero estuvimos

juntos en la inauguración de una galería de arte hace unos meses...

–Sergio... –Louise dio un paso adelante y lo tomó por el brazo, obviamente encantada–. Tienes que venir a conocer al resto de la familia –mientras se ponían en marcha, se volvió hacia Susie, que los seguía con evidente reticencia, y susurró–: A tu padre le va a alegrar mucho que hayas venido con un acompañante tan estupendo.

–Mamá... –protestó Susie sin convicción, pues ya era demasiado tarde. Lo que pudiera suceder ya no estaba en sus manos.

Después de haber tenido a Sergio para ella sola durante aquellas pasadas semanas, le atemorizó ver la comodidad con que se relacionaba con los demás. Sabía exactamente qué decir a todo el mundo, era realmente ocurrente y se mostró halagadoramente atento con ella todo el tiempo.

Incluso Clarissa, que había bebido un poco más de la cuenta y que apenas había tenido tiempo de hablar con nadie porque solo tenía ojos para su Thomas, la arrastró en determinado momento a un rincón y le dijo que quería enterarse de todo en cuanto volviera de su luna de miel.

En cualquier otra circunstancia Susie se habría sentido en la gloria. Si su relación hubiera sido seria, si su relación hubiera ido más allá del sexo, si no hubiera estado embarazada de Sergio, se habría sentido inmensamente feliz soñando con el día de su boda.

Pero tal y como estaban las cosas...

–¿Te ha traído Stanley? Supongo que ya querrás ir marchándote...

La mayoría de los invitados se había ido ya. Solo quedaba un grupo de amigos, casi todos bebidos, balanceándose bajo la marquesina.

Fuera había refrescado y Susie se arrebujó en su chal.

—He notado que apenas has bebido –dijo Sergio.

—Me... ha dolido un poco la cabeza casi todo el día.

—¿Qué es lo que te preocupa, Susie?

—¿Por qué no me habías dicho que ibas a venir?

Sergio suspiró.

—¿Vamos a volver a tener la misma conversación de nuevo? Quería introducir un elemento de sorpresa... pero preferiría no volver a eso.

—No sabes lo que has hecho.

—¿En serio? Ilústrame, por favor.

—Ahora que mis padres te han conocido, y además en presencia de casi todos los miembros de mi familia materna, todo el mundo va a pensar que entre nosotros hay algo serio...

—No soy responsable de lo que pueda pensar la gente.

El tono de indiferencia con que Sergio dijo aquello fue como una jarra de agua fría para Susie.

—Ya sé que no eres responsable de eso.

—Entonces, ¿qué me estás diciendo? ¿Que no vas a poder soportar la decepción de todo el mundo cuando esto acabe y nos separemos? –preguntó Sergio con la misma indiferencia.

—Mis padres han tenido un matrimonio muy feliz, lo mismo que mis tíos. Provengo de una larga dinastía de gente aburrida y felizmente casada...

—¿Acaso esperan que te cases con el primer tipo que conozcas?

–Claro que no.

–En ese caso no tienes nada de qué preocuparte.

–Las cosas no son tan sencillas, Sergio. Tú serías el yerno perfecto, sobre todo si te comparan con alguno de mis anteriores novios. Has venido aquí y pensarán que...

–Deja de analizarlo todo –interrumpió Sergio–. Estás tan preocupada por lo que puedan pensar los demás que no pareces darte cuenta de que es tu vida con lo que te encuentras al final de cada día. Y tú vives tu vida como puedes y consideras oportuno. Si otras personas tienen otros planes para ti en sus mentes, es problema de ellos.

–Para ti todo es blanco o negro.

–Como ya te dije, sé por experiencia el daño que puede hacer confiar en alguien equivocado. Prefiero ceñirme a lo que conozco.

–¿Cómo... era esa mujer? –preguntó Susie antes de poder contenerse.

Sergio alzó una ceja con expresión mezcla de perplejidad e impaciencia.

–¿De qué estás hablando?

–Una vez me dijiste que en parte eres como eres a causa de una mujer. ¿Quién era esa mujer?

–¿Y eso qué más da?

–Si no quieres hablar de ello, olvida que lo he preguntado –contestó Susie con un encogimiento de hombros, y a continuación se encaminó hacia el vestíbulo, aunque en realidad no sabía cómo iba a irse, porque sus padres y su hermana ya hacía un rato que se habían marchado. No le iba a quedar más remedio que tomar otro taxi.

–¿Dónde te alojas? –preguntó Sergio mientras la seguía.

–En el hostal del pueblo, como unos cuantos invitados más.

–Yo me alojo en el único hotel de cinco estrellas que hay en quince kilómetros a la redonda –dijo Sergio en tono sugerente.

–Creo que prefiero no ir contigo.

–¿Estás segura de eso? –preguntó Sergio a la vez que pasaba una mano por su cintura y la atraía hacia sí para besarla. Su lengua fue rápidamente al encuentro de la de ella y la respuesta de Susie fue inmediata.

A pesar de saber que necesitaba pensar, que no podía olvidarlo todo y aferrarse a Sergio como una lapa, no pudo evitar rodearlo por el cuello con los brazos mientras él la arrinconaba contra la pared.

–No podemos... No aquí...

–Supongo que eso significa que vas a regresar conmigo...

Capítulo 6

SE LLAMABA Dominique Duval. Que yo sepa sigue llamándose así, aunque ¿quién sabe? Puede que a estas alturas ya vaya por su tercer o cuarto matrimonio. Han pasado unos cuantos años, y nadie podría acusar de Dominique de no ser rápida. La conocí en un club.

–No tienes por qué hablar de eso si no quieres...

Susie no sabía si estaba preparada para oír hablar del único y verdadero amor de Sergio y de cómo lo había dejado. ¿Lo habría hecho para casarse con otro?

–Tú me lo has preguntado y, ya que nuestra relación se está prolongando más de lo que había anticipado, creo que es justo que comprendas por qué no quiero tener nada que ver con las palabras compromiso y responsabilidad en lo referente a las relaciones.

–Cuando te enamoras de alguien la ruptura puede resultar brutal, sobre todo si tenías verdaderas esperanzas en que las cosas fueran a funcionar –Susie se tensó al percibir un matiz de añoranza en su propia voz. Lo último que quería era que Serio adivinara la profundidad de sus sentimientos por él. Cuando le dijera que estaba embarazada quería hacerlo con calma, como una persona adulta cuya única prioridad era discutir aspectos prácticos y asegurarle que no tenía por qué sentirse comprometido a nada–. O eso supongo al menos –añadió.

–No sé de qué estás hablando –dijo Sergio–. Nunca estuve enamorado de esa mujer. Cuando la conocí estaba saliendo con otra y no es mi estilo divertirme con dos mujeres a la vez.

–¿Nunca estuviste enamorado de ella? ¿Y cómo es posible que aprendieras algo de la experiencia de conocer a una mujer con la que no llegaste a tener una relación? ¿Trató de robarte, o algo así?

–Dominique Duval era enfermera y trató de ligar conmigo porque sabía quién era. Por aquel entonces yo era muy joven y procedía de una familia adinerada. Mi madre había muerto hacía unos años y mi padre nunca volvió a casarse. Yo era su heredero, pero creo que ella supo desde el principio que una fortuna en el futuro resultaba mucho menos tentadora que una fortuna a la que pudiera acceder de inmediato. Puede que, si yo me hubiera mostrado interesado, se hubiera metido en mi cama por pura diversión, pero tenía puestas sus miras más arriba.

–¿Era enfermera? Se supone que las enfermeras y los enfermeros son personas que se preocupan por los demás, personas empáticas... –Susie apenas se fijó en los lujosos jardines que rodeaban el hotel, ni en cómo se puso en pie la recepcionista en cuanto los vio entrar.

–Esa fue la lección con la que aprendí que no se puede juzgar un libro por su portada.

–Y también fue así como aprendiste a asumir siempre lo peor en relación a las motivaciones de las personas que se acercan a ti, ¿no?

–Exacto.

–¿Qué sucedió?

Sergio entrecerró los ojos y se encogió de hombros.

–Dominique se aseguró de maniobrar adecuadamente para ser presentada a mi padre y sacó todas las cartas adecuadas. Era una chica cariñosa, divertida, treinta años menor que él, que podía comprender por lo que había estado pasando. Le dijo que vivir solo no era vivir, al menos no para un viejo zorro de pelo plateado como él. Mi padre se sintió halagado. Por primera vez en muchos años decidió que merecía la pena volver a sentirse vivo. Se casaron al cabo de seis meses y no hizo falta que pasara mucho tiempo para que apareciera la verdadera Dominique. La compasiva enfermera se transformó en la auténtica bruja cazafortunas que había sido siempre y consiguió que mi padre cambiara su testamento. Cuando mi padre murió repentinamente de un ataque el corazón ella lo heredó casi todo y se las arregló para gastar casi toda su fortuna en seis años. Afortunadamente, mi padre tuvo el sentido común de dejarme en herencia la mayoría de sus empresas. Dominique tenía dinero suficiente, además de dos casas, pero su avaricia la llevó a consultar con un abogado con la esperanza de poder hacerse con alguna de las empresas. Pasé cinco años en los tribunales batallando con ella hasta que finalmente renunció. Nadie sabe dónde está en la actualidad.

Susie fue hasta un grupo de sillas que había junto a la ventana y ocupó una de ellas, olvidando momentáneamente sus problemas mientras pensaba en cómo había acabado Sergio donde estaba.

El hecho de que una mujer tuviera una profesión

exigente confería cierta seguridad para las relaciones. Pensó en su hermana. Alex nunca se interesaría por el dinero de nadie, ni quería vivir colgada de nadie. Era una mujer independiente y ambiciosa que no necesitaba a nadie para seguir avanzando. Aquella era la clase de mujer que podría interesar a Sergio. Una mujer que tuviera su propia vida, como él tenía la suya.

–He visto con mis propios ojos cómo puede llegar a creerse enamorada una persona –continuó Sergio mientras ocupaba una silla frente a Susie–. La emoción se adueña de ella, pierde la perspectiva, el autocontrol. Desde mi punto de vista, esa es la clase de asunto que nunca acaba bien.

Susie pensó que podría haberla estado describiendo a ella.

–Supongo que con el tiempo querré asentarme –añadió Sergio–, pero cuando llegue ese momento será más parecido a un acuerdo de negocios que a un vértigo de emociones absurdas.

Sergio era incómodamente consciente de la facilidad con que perdía el control cuando se encontraba frente al magnífico cuerpo de Susie, pero descartó enseguida cualquier preocupación al respecto porque había una línea de demarcación muy clara entre lo físico y lo emocional. En el frente emocional sabía exactamente dónde estaba, y en el físico... cierta pérdida de autocontrol era aceptable... y además suponía un refrescante cambio respecto a su habitual y predecible dieta.

La respiración de Susie se volvió más agitada bajo la intensa mirada de los profundos ojos azules de Sergio.

¿Por qué se había dejado convencer para ir al hotel

con él? Sabía por qué. Porque era débil y estaba enamorada. Porque un beso de Sergio bastaba para hacerle perder el sentido común. Porque era precisamente el tipo de mujer emocional de la que Sergio no quería saber nada.

—Es tarde.

—¿Y? Ven aquí —dijo Sergio a la vez que le dedicaba una sensual sonrisa.

—No estoy de humor para el sexo.

—¿No? ¿Quieres que pongamos esa afirmación a prueba?

—Tenemos que hablar, Sergio. Hay... tengo cosas que decirte.

Sergio frunció el ceño. Lo más probable era que Susie quisiera hablar sobre la boda, sobre sus padres, su hermana, sus primos... Suponía un intenso contraste con su no existente familia. Su expresión se aligeró y sonrió.

—Vamos a la cama...

—No se trata de una charla de cama.

—¿Y quién ha dicho que lo fuera? Simplemente me cuesta seguir charlando cuando podríamos estar haciendo otras cosas. ¿Por qué no le das un capricho a este anciano y me haces un striptease?

—¡Pero si solo tienes treinta y dos años! —Susie no pudo evitar ruborizarse mientras sentía que, como de costumbre, su cuerpo comenzaba a derretirse.

Sergio sonrió, se levantó y se encaminó hacia la cama mientras se iba quitando la ropa. Finalmente se detuvo y se quitó lentamente los pantalones y los calzoncillos, dejando expuesta la poderosa evidencia de su excitación.

Susie lo contempló como si estuviera en trance. Su cuerpo seguía siendo el de siempre. Aún no había indicios externos de su embarazo. ¿Pero qué pasaría cuando sí los hubiera? ¿Qué pasaría con el evidente deseo que Sergio sentía por ella, que era el único motivo por el que seguía a su lado?

¿Y si aquella era la última vez que podía estar con él? Porque pensaba darle la noticia por la mañana, antes de marcharse para permitirle digerir lo indigerible. Desde ese momento, lo que había entre ellos acabaría oficialmente, lo que justificaba que quisiera aprovechar aquella última oportunidad de que Sergio le hiciera el amor, se que la acariciara como solo él sabía hacerlo...

De manera que lo siguió hasta la cama y, mientras Sergio la miraba con ojos brillantes, hizo para él el striptease que le había pedido, sexy, erótico, sensual...

Para cuando se tumbó en la cama junto a él estaba totalmente húmeda. Sus cuerpos parecían encajar a la perfección. Se había sentido cómoda con Sergio desde la primera vez, y se sentía aún más cómoda después de aquellas semanas.

Sergio sabía exactamente cómo acariciarla, cómo excitarla. Jugueteó con sus pechos y tomó sus pezones en la boca, se los lamió, jugó con ella hasta hacerle sentir que estaba a punto de arder.

Se movieron juntos como un solo cuerpo, al unísono. A Sergio le encantó que se montara a horcajadas sobre él de manera que sus pechos quedaran tentadoramente suspendidos ante su boca. A la vez que prestaba atención a estos con sus labios y sus dientes, la acarició con precisión entre las piernas y luego la saboreó allí mismo con su lengua mientras ella hacía lo mismo con él. Sergio no se puso el preservativo para penetrarla hasta que ya habían disfrutado al máximo el uno del otro y alcanzaron juntos un abrumador orgasmo.

Susie no quería que aquello acabara. No quería cerrar los ojos y quedarse dormida sabiendo todos los problemas que le aguardaban en el horizonte.

—Así que... —murmuró Sergio mientras mordisqueaba con delicadeza la oreja de Susie.

—¿Así que...?

—Así que no me habías hablado de tu familia porque te hacía sentirte insegura...

—¿De dónde te has sacado eso?

—Me decido a resolver problemas, y me gusta ir comprobando cómo encajan las cosas.

—¿Y yo soy un problema que estás resolviendo?

—Tu padre me ha dicho que, a pesar de su empeño en que te alojaras en el apartamento que tienen en Kensington, siempre te has negado a hacerlo. ¿Por qué?

—Porque no soy ninguna niña y soy capaz de cuidar de mí misma.

Sergio asintió lentamente.

—Puede que creas que tu hermana Alex lo tiene todo, pero a lo mejor no sabes que te envidia.

Susie volvió la cabeza hacia él.

—¿Te lo ha dicho ella?

—No hacía falta. Lo he deducido por su forma de describirte, por la admiración con que habla de tu espíritu libre, de tu capacidad para aceptar cada día tal como viene...

—Alex disfruta mucho con su vida. Te sorprendería lo lista e inteligente que es.

–También es la mayor, y eso siempre supone un peso extra sobre sus hombros.

–Nunca lo había mirado desde ese punto de vista. Puede que tengas razón –Susie suspiró–. ¿Pero a quién le importa?

–A ti.

–Estoy cansada –Susie simuló un bostezo–. Ha sido un día largo y cansado y me gustaría dormir un rato.

Sergio tomó uno de sus pechos en la palma de su gran mano. Le acarició con el pulgar el pezón y sintió cómo se excitaba.

–Querías decirme algo –murmuró–. ¿De qué se trata?

Susie se quedó muy quieta. Aquel no era el momento adecuado. Sabía que cuando detonara la bomba le convenía estar a cubierto.

–Por la mañana –murmuró–. Ahora estoy demasiado cansada para hablar...

–¿Y estás demasiado cansada como para acariciarme? –preguntó Sergio a la vez que la tomaba de la mano para guiarla hasta su erección. Susie se arrimó a él instintivamente.

Hicieron el amor despacio, como dos personas bailando bajo el agua. Susie alcanzó un clímax prolongado, profundo, y se durmió casi de inmediato acurrucada contra Sergio.

La luz ya entraba por los ventanales de la habitación cuando despertó. Durante los primeros segundos no recordó la desagradable tarea que la aguardaba. Pero su tranquilidad duró muy poco cuando se irguió en la cama, se frotó los ojos y vio a Sergio sentado a la mesa, trabajando con su ordenador.

—¿Qué hora es?

—Más de las diez.

Susie dio un gritito y salió de la cama disparada al baño, cuya puerta cerró con el pestillo. Era la primera vez que lo hacía, pero aquel no era el momento para duchas ardientemente compartidas. Ni siquiera sabía si iba a ser capaz de mirar a Sergio a la cara cuando saliera.

—¿A qué venían esas prisas? —preguntó Sergio cuando Susie salió del baño completamente vestida. Al ver su expresión volvió a tener la sensación de que algo andaba mal aunque, después de la increíble noche que habían pasado, no podía imaginar de qué se trataba.

—Voy a pedir un taxi para que me lleve de vuelta a Londres —dijo Susie, que alzó ligeramente la barbilla y miró a Sergio como retándolo a poner alguna objeción.

Sergio frunció el ceño.

—¿Por qué? Stanley está esperando y puede llevarnos de vuelta a los dos.

—Voy a tener que pasar por el hotel a recoger mi equipaje y a cambiarme. No puedo andar por ahí con este vestido.

Sergio no dijo nada y un pesado silencio se instaló durante unos instantes en la habitación.

—Esto empieza a resultar un tanto desquiciante, Susie. ¿Qué quieres decirme? Si vas a darme una charla sobre nuestro futuro, te libero del trauma de tener que empezar la conversación. Ya sabes lo que pienso al respecto.

—¡Claro que lo sé! —espetó Susie, tensa—. ¡Lo dejaste bien claro desde el primer momento y no has dejado de recordármelo desde entonces!

Sorprendida por su propio arrebato, Susie sintió que las lágrimas atenazaban su garganta. Parpadeó varias veces seguidas y respiró profundamente.

—Al parecer tengo motivos para repetirme —replicó Sergio con la dosis justa de aburrimiento en su tono para aumentar el suplicio de Susie—. Las bodas suelen afectar a las chicas. Ven a su mejor amiga, o en este caso a tu prima, avanzando por el pasillo de la iglesia y de pronto empiezan a pensar que ya es hora de que llegue su turno.

—Yo no estaba pensando en eso.

—¿No? Pues tu padre me mencionó ayer de pasada que siempre habías soñado con tu boda. Al parecer, de niña te pasabas el tiempo vistiendo a tus muñecas con trajes de novia y casándolas con cualquier otro muñeco que tuvieras a mano.

Susie se ruborizó intensamente. Había olvidado por completo aquello. Nunca había creído que su padre le hubiera prestado tanta atención en aquella fase de su vida.

—También me dijo que insististe en hacer ese curso de secretariado que tan solo había sido una sugerencia. Te aferraste a él a pesar de que se notó desde el principio que eras alérgica a todo lo tecnológico y te aburriste de tu primer trabajo en cuanto pisaste una oficina.

Temblorosa, temiendo que las piernas fueran a fallarle, Susie tuvo que sentarse.

—No es así como yo lo recuerdo... —dijo, distraída—. Alex siempre fue la chica de oro en casa.

—A veces uno distorsiona los recuerdos. La verdad suele residir en algún punto intermedio.

–La verdad es que no fue buena idea que te presentaras sin haber sido invitado en la boda de Clarissa y que conocieras a mis padres.

–¿Porque podrían llevarse la impresión de que lo nuestro es más serio de lo que es? Eso ya lo habías mencionado. Esta conversación está empezando a convertirse en un círculo cerrado.

–¡Puede que para ti esté muy bien estar ahí sentado con esa sonrisita de suficiencia! –espetó Susie en un tono más agudo de lo habitual–. ¡Pero no tienes ni idea de cómo son las cosas!

–Y puede que tú estés exagerando a la hora de imaginar la reacción de tu familia por el hecho de que estés saliendo conmigo. Puede que sean más pragmáticos y realistas de lo que imaginas... –Sergio dedicó a Susie una mirada fríamente pensativa–. ¿Y desde cuándo te has vuelto tan gritona?

–No estaba gritando. Solo trataba de aclarar las cosas –Susie se pasó una temblorosa mano por el pelo–. Puede que esa sea una faceta mía que aún no conocías. La de gritona. Solo quiero que sepas que no espero nada de ti. Nada en absoluto.

Sergio ladeó la cabeza y entrecerró los ojos.

–No te sigo.

Tensa como la cuerda de un arco, Susie se puso en pie y comenzó a caminar de un lado a otro de la habitación. Luchó contra la tentación de posponer aquello para otro día, cuando se sintiera más fuerte.

–Hay algo que tienes que saber... algo que va a dar una perspectiva completamente diferente a lo que... a lo que tenemos.

Sergio se quedó muy quieto. Estaba claro que algo

andaba mal, pero ¿de qué se trataba? Susie aún le gustaba mucho. Incluso en aquellas circunstancias podía sentir la atracción que había entre ellos como una oleada de electricidad.

¿Estaría Susie a punto de contarle que había hecho algo en la boda, mientras él descubría toda clase de cosas sobre ella a través de sus padres y su hermana? Desde luego, conocía a muchos de los hombres jóvenes que habían asistido a la ceremonia.

Los celos que experimentó al pensar en aquello lo dejaron sin aliento. ¿Celos? ¿Desde cuándo sentía él celos por una mujer?

–Estoy empezando a perder la paciencia con este asunto –dijo, tenso, teniendo que hacer verdaderos esfuerzos por controlar las desconocidas emociones que estaba experimentando–. Si tienes algo que decirme, ¿por qué no dejas de ir de un lado para otro y me lo dices?

–Estoy embarazada.

Aquello era lo último que esperaba escuchar Sergio, y necesitó unos segundos para digerir la revelación. Luego soltó una risotada.

–Supongo que estás bromeando.

–¿A ti te parece que estoy bromeando? Estoy embarazada. Lo supe ayer. Utilicé dos pruebas del embarazo para asegurarme. No hay error. Voy a tener un hijo. Tu hijo.

Sergio se puso de pie casi de un salto y se pasó una mano por el pelo.

–No es posible –dijo, a pesar de haber percibido con total claridad la sinceridad del tono de Susie.

¿Embarazada? ¿Cómo podía haber pasado aquello?

¿Iba a ser padre? Ni siquiera cuando se había planteado la posibilidad de casarse algún día había llegado hasta el extremo de pensar en la paternidad?

Bajó rápidamente la mirada hacia el vientre de Susie y la retiró con la misma velocidad.

—No me digas que no es posible —espetó Susie—. Sucedió la primera vez. Ya sé que en todas las demás ocasiones hemos sido muy cuidadosos, pero estos son los hechos. No veo ningún sentido a echarnos mutuamente la culpa.

—¿Quién ha dicho que esté hablando de culpables?

—Siéntate, por favor, Sergio. No me estás facilitando nada las cosas. Estoy teniendo que asimilar todo esto sola y...

—¿Lo sabías ya durante la boda?

Susie asintió.

—¿Y no me dijiste nada?

—¡No esperaba que te presentaras en la boda, Sergio! Además, esta no es la clase de conversación que suele tenerse mientras se bebe champán y se comen canapés.

—No querías que conociera a tu familia porque si lo hacía sería muy difícil descartarme como padre. ¿Estabas planeando decirles que te habías quedado embarazada de algún tipo que habías conocido por casualidad, alguno de los cretinos que conociste en una de esas absurdas citas a ciegas? —preguntó Sergio sardónicamente.

—¡No, claro que no! Pero sabía que las cosas se complicarían si aparecías. Ya va a ser bastante horrible explicar a mi familia que estoy embarazada...

—Y dado lo tradicionales que son tus padres, su-

pongo que les costará mucho digerir el hecho de que
no estemos casados –interrumpió Sergio en tono mor-
daz–. Supongo que borrarme por completo de la foto
habría sido mucho más lógico. Tienes razón. Tal vez
podrías decirle que soy un miserable bastardo que salió corriendo en cuanto le dijiste que estabas embarazada... O cualquier otra cosa parecida. Las posibilidades son ilimitadas.

–No estás siendo justo.

–¿No? –preguntó Sergio en tono burlón.

–No. No puedes culparme por no querer anunciar
a voces que estoy embarazada. Me dejaste muy claro
desde el principio lo que sentías respecto a las relaciones a largo plazo, lo que sentías por mí.

–¿Y qué siento por ti?

–Que nos entendemos muy bien en la cama, y eso
es todo. Sé que eso es algo mutuo. No pretendo ase-
diarte con este asunto con la esperanza de que hagas
algo al respecto.

La mandíbula de Sergio se tensó visiblemente.

–Cuando dices que no esperas que haga nada al
respecto, ¿a qué te refieres exactamente?

–Me refiero a que esto no forma parte del plan que
tienes para tu vida –Susie bajó la mirada, incapaz de
soportar la intensidad de la de Sergio–. No tienes por
qué pensar que vas a tener que cargar con responsabi-
lidades con las que no contabas. Como habrás notado,
mis padres no tienen problemas económicos... Me las
arreglaré financieramente.

–Voy a simular que no he escuchado lo que acabas
de decir –dijo Sergio con aparente calma–. Pero voy a
aclararte algunas cosas. En primer lugar, no me cono-

ces en lo más mínimo si crees que soy la clase de hombre capaz de acostarse con una mujer, dejarla embarazada y luego desaparecer como si nada. En segundo lugar estamos hablando de *mi* bebé y, por tanto, de *mi* responsabilidad. No tengo ninguna intención de trasladar esa responsabilidad a tus padres ni a ningún otro miembro de tu familia. ¿Te ha quedado claro?

–Me parece bien –susurró Susie–. Si quieres contribuir económicamente, no diré que no. Pero creo que es importante que entiendas que...

–¡No me estás escuchando!

Susie se sobresaltó y miró nerviosamente a Sergio.

–Quieres... quieres ayudar financieramente. Lo comprendo...

–No lo comprendes. Quisiera o no esta explosión en mi vida, ha sucedido, y pienso ser un jugador totalmente implicado en el juego. No pienso limitarme a ingresar dinero en tu cuenta y a tener un régimen de visitas ni nada parecido. Y si estás pensando algo así es que has malinterpretado la situación, Susie. Ya puede empezar la cuenta atrás. Queramos o no, estás a punto de convertirte en la señora Burzi...

Capítulo 7

CREO que estás muy alterado por las noticias y que... necesitas unos días para pensar –logró decir Susie en tono sofocado a la vez que volvía la mirada hacia la puerta con intención de salir corriendo de allí.

–No vas a irte a ningún sitio, así que deja de mirar la puerta como si detrás estuviera la tierra prometida. No necesito ningún día para pensar. Ya he llegado a la única conclusión posible.

–¿Casarte conmigo? ¿Esa es la única solución posible?

–¿Y qué otra solución hay?

El hombre sexy y guasón del que se había enamorado Susie había desaparecido. En su lugar se encontraba aquel desconocido de mirada gélida cuya voz podría haber congelado el infierno.

–Pienso asumir toda la responsabilidad del lío en que nos hemos metido. Es la primera vez que tengo un fallo a la hora de tomar precauciones.

–¡Deberías escucharte a ti mismo!

–¿De qué estás hablando?

–«El lío en que nos hemos metido»... «una explosión en tu vida»... –Susie sintió el escozor de las lágrimas en los ojos–. ¿Cómo puedes ser tan... insensible?

–No estoy siendo insensible –protestó Sergio.

–Hace unas horas me estabas arrastrando aquí para hacerme el amor...

–No te he escuchado protestar...

–¡Yo no he dicho eso! –Susie sostuvo la mirada de Sergio con gesto retador–. Además, no quiero que empecemos a discutir –dijo con un suspiro de cansancio–. Pero no voy a casarme contigo. Además, no entiendo por qué quieres casarte conmigo. Tras la dramática experiencia de ver casarse a tu padre con la mujer equivocada, ¿por qué ibas a querer casarte tú también con la mujer equivocada?

–Las circunstancias son muy distintas. Para empezar, no te saco más de treinta años, y tú no urdiste ningún plan para acercarte a mí y sacarme el dinero.

–¡No fue eso lo que pensaste cuando nos conocimos! Y solo has venido aquí hoy para asegurarte de que no habías cometido un error conmigo. No tiene sentido correr riesgos innecesarios.

–La situación no va a mejorar porque nos dediquemos a recordar el pasado. Lo que pasó, pasó, y punto.

–Eso no va a cambiar el hecho de que no piense casarme contigo. No vivimos en el siglo XIX, Sergio. ¿Qué sentido tendría sacrificar nuestras vidas por un error? La gente comete errores todo el tiempo, pero eso no implica que tengan que pagar por ello el resto de sus vidas.

Sergio se estaba tomando cada palabra de Susie como una afrenta personal.

Jamás se le había pasado por la cabeza casarse. Sin embargo sabía con certeza que cualquiera de las mujeres con las que había salido en el pasado habría aceptado con auténtico entusiasmo su oferta de matrimonio.

Y Susie no solo la había rechazado, sino que lo había hecho sin el más mínimo indicio de remordimiento... además de haberle dejado claro que no lo consideraba a la altura de lo que buscaba en un hombre.

—¿Y cómo piensas enfrentarte a esta situación? —preguntó con frialdad—. ¿Piensas seguir viviendo en tu diminuto apartamento, en el que la calefacción funciona cuando le da la gana? ¿O correrás a refugiarte de vuelta bajo el techo de mamá y papá? Porque está claro que con tu trabajo no ganarías dinero suficiente para pagarte una casa mejor.

—No había pensado tan a la larga —dijo Susie débilmente—. Ya sé que no voy a poder seguir donde estoy...

—De manera que la única opción que te queda es la de mamá y papá, ¿no?

—¡Yo no he dicho eso!

—Entonces, ¿qué es lo que estás diciendo exactamente?

—Como ya sabes, mis padres tienen un apartamento en Londres... —a Susie le avergonzaba el mero hecho de pensar en aceptar lo que sería su inevitable oferta. Y no solo sería una oferta. Insistirían.

—Por encima de mi cadáver.

—Podríamos pensar en algo —murmuró Susie con la mirada gacha—. Acepto que en mi trabajo no gano suficiente, y que no es estable... Y no quiero tener que acudir a mis padres para pedirles ayuda financiera. Ya me agobia bastante pensar que prácticamente querrán imponérmela en el momento en que se enteren de que estoy embaraza.

–No lo harán si están al tanto de que yo me haré cargo de ti financieramente.

–¡No quiero que te ocupes financieramente de mí! –Susie cerró un momento los ojos y respiró profundamente–. Puede que mi situación no sea precisamente boyante, pero nunca he querido depender de nadie. ¿Cómo crees que vas a sentirte cuando te veas obligado a darme dinero?

–No te preocupes por lo que vaya a sentir. Soy muy capaz de manejar mis sentimientos. Y, quieras o no contar con ayuda, vas a necesitarla.

–No era así como había imaginado que sería mi vida –dijo Susie con suavidad–. Siempre pensé que encontraría a mi media naranja y que todo seguiría el orden adecuado. Amor... matrimonio... bebés... la felicidad y la satisfacción de envejecer juntos...

Sin embargo, había acabado embarazada por un hombre que solo la veía como una diversión pasajera en su vida, un tipo que se sentía obligado a hacer lo correcto y casarse con ella por el bien del bebé que no había pedido tener.

–¿Qué clase de vida tendríamos juntos? –continuó–. A fin de cuentas esto iba a acabarse antes o después, y ahora me estás proponiendo que lo alarguemos artificialmente. ¿No crees que acabarás arrepintiéndote? ¿Que acabarás sintiéndote preso? ¿Y quién quiere sentirse preso de sus buenas intenciones?

–No hay por qué ponerse dramáticos –Sergio quitó importancia a las palabras de Susie con un impaciente gesto de la mano–. Dos de cada tres matrimonios acaban en el cubo de la basura, y normalmente son los que empezaron más enamorados, pensando que la felicidad duraría para siempre. Una unión basada en puntos de vista más comerciales y prácticos tiene más probabilidades de durar.

–Y esta sería una de esas uniones, ¿no?

–Ninguno de los dos estábamos preparados para esta situación, pero ahora que estamos en ella no tiene sentido pensar en lo que nos habría gustado que pasara. No hay motivo para que no podamos lograr que esto funcione. ¿Quieres lamentarte sobre cadenas y ataduras? No sé cuántos prisioneros encadenados siguen metiéndose en la cama para hacer el amor como si el día siguiente pudiera no llegar...

De forma totalmente inapropiada, Sergio sintió que se excitaba y endurecía. La forma en que Susie había bajado la mirada y se había humedecido los labios había despertado de inmediato su libido.

Susie no se atrevía a mirarlo a los ojos. Todo se estaba desarrollando a la velocidad de la luz, y no pudo evitar sentirse afectada por la absurda suposición de Sergio de que el sexo podía compensar por todas las demás carencias de la relación. Como el amor.

–¿Por qué volviste anoche al hotel conmigo? –continuó Sergio, implacable–. Sabías que estabas embarazada, pero no viniste precisamente a contármelo para que pudiéramos hablar de ello.

–Quería... no sé... –Susie quería huir de una respuesta que confirmara lo poderoso que era el efecto que ejercía Sergio sobre ella–. No debería haber venido. Debería haberme tomado un tiempo para pensar y haber abordado el tema contigo en un sitio más... neutral.

–¿Te refieres a un sitio sin una cama? ¿Por qué no lo admites, Susie? Has venido aquí porque querías acostarte conmigo, porque querías que te hiciera el amor, que te acariciara en todas las partes que te gusta que te acaricie. Resulta un poco absurdo hablar de sacrificios personales, cadenas y ataduras cuando estás deseando meterte en la cama conmigo, ¿no te parece?

Susie apretó con firmeza los muslos. Sergio hacía que todo pareciera muy sencillo. Un acuerdo comercial con el beneficio añadido de buen sexo.

Pero ella no quería ningún acuerdo comercial, y el buen sexo no duraba para siempre. Si se casaba con él, conseguiría al hombre al que amaba, pero el hombre de sus sueños solo podría ser un hombre que la correspondiera. Con Sergio se sentiría atrapada, y su amor le haría volverse desesperada, dependiente, la clase de mujer que él acabaría despreciando. Su vida se convertiría en una pesadilla...

—Debería irme... —dijo en tono desafiante.

—Deberías ser sincera contigo mismo —replicó Sergio—. La pasión que hay entre nosotros no ha disminuido por el hecho de que estés embarazada. Eso es un comienzo.

—¿Y cuando la pasión se acabe?

—Vamos a tener un hijo y no pienso ser un padre a medias. No voy a permitir que algún otro hombre entre en tu vida y se case contigo mientras yo me presento una vez a la semana en tu casa a jugar un rato con mi hijo.

—Las cosas no serían así —dijo Susie, incómoda. Cuando pensaba en la posibilidad de que algún otro hombre pudiera conquistarla, la mente se le quedaba en blanco.

—¿Y cómo vas a sentirte tú cuando haya otra mujer

en mi vida, una mujer que me acompañe en esas visitas semanales, que conozca a nuestro hijo, que se interese por él, que me ayude a tomar decisiones...

Susie se puso lívida. Claro que Sergio encontraría otra mujer... No era un hombre propenso a pasar mucho tiempo célibe. Tardaría muy poco en volver a ser objeto de persecución... y ella no podría hacer nada al respecto.

Al imaginar el aspecto que tendría aquella mujer ficticia, todas sus viejas inseguridades afloraron junto con el sentimiento de inferioridad que se había pasado la vida intentando superar. Sería una rubia guapísima, alta, inteligente, totalmente dispuesta a intervenir en toda clase de decisiones que no eran asunto suyo.

Y ella, Susie, no podría hacer nada al respecto. Y tampoco podría competir con todo lo que Sergio pudiera ofrecer a su hijo gracias a su dinero.

–¿Y bien? –insistió Sergio, haciendo salir a Susie de su cruel ensueño–. ¿Qué te parece esa posibilidad?

–Podemos llegar a algún acuerdo desde el punto de vista financiero, Sergio. En cuanto al resto... me siento agotada. He sufrido esta conmoción justo antes de la boda y apenas puedo pensar con claridad...

Sergio se fijó por primera vez en las oscuras ojeras que adornaban los ojos de Susie. Se levantó y se acercó a ella.

–De acuerdo. Tienes razón. Podemos seguir con esta conversación mañana. Ahora lo que necesitas es relajarte...

–¿Relajarme? –repitió Susie con una mueca burlona–. Me temo que eso no lo voy a lograr en mucho tiempo.

—Ven a mi casa —sugirió Sergio con urgencia—. No puedes volver a instalarte en ese cuchitril.

—Resulta que ese cuchitril es mi casa.

—Eso solo lo dices por orgullo. ¿Pero has sentido alguna vez que eso es realmente tu casa, el lugar al que estás deseando volver cuando acaba el día?

—Esa no es la cuestión... —murmuró Susie a pesar de saber que la respuesta era un rotundo no.

—Te trasladaste a ese apartamento porque te negaste a aceptar la ayuda de tu familia, y eso puedo entenderlo, pero este no es un momento adecuado para permitir que el orgullo dicte tus actos. También tienes que pensar en el bebé.

—¿Y qué sugieres que haga? No voy a casarme contigo. El sexo solo no es suficiente. Al menos no para mí.

—Te buscaré algún sitio en el que vivir. Tengo varios apartamentos en Londres... pero probablemente estén demasiado cerca del centro para tu gusto —Sergio sabía que en aquellos momentos debía pensar creativamente; ¿no era aquella acaso su especialidad? Siempre había más de un modo de conseguir lo que uno quería. Inclinó la cabeza a un lado y miró pensativamente hacia lo lejos—. Supongo que para ti supondría demasiado ajetreo vivir en el centro de Londres. De hecho, seguro que ya te parece bastante agitado el barrio, y eso que está lejos del caos del centro...

—A veces puede resultar un poco apabullante tanto bullicio —reconoció Susie a la vez que se relajaba un poco. No quería discutir con Sergio—. Tuve que ir a Londres a buscar trabajo...

—¿De lo contrario te habrías quedado en el campo?

Supongo que haber crecido en Yorkshire hizo que te aclimataras a los espacios abiertos...

—¿Mis padres te han contado dónde vivíamos?

—Debió de surgir el tema en la conversación.

—Me parece que han surgido muchos temas en la conversación... —replicó Susie en tono más resignado que enfadado. Seguro que su familia había pensado que Sergio era un novio realmente apropiado, no como los anteriores. Pero no sabían que Sergio no sentía el más mínimo interés por el amor y el matrimonio.

Sergio se encogió de hombros y a continuación se inclinó hacia ella. Susie lo miró con cautela.

—Te voy a decir lo que estoy pensando. No quieres casarte conmigo, y tienes razón en que no puedo forzarte. Creo que para un hijo es mejor tener a ambos padres, lo mismo que creo que nuestra unión tendría muchas probabilidades de funcionar. Somos físicamente compatibles y no se puede ignorar el hecho de que el sexo juega un papel muy importante en la relación. Pero, si no puedo persuadirte respecto a esa sencilla verdad, que así sea.

Susie se quedó aún más aturdida tras el repentino cambio de actitud de Sergio, y, si era sincera consigo mismo, también sintió una punzada de decepción.

—Me alegra que me comprendas...

—Voy a buscarte algún lugar más apartado del centro —Sergio alzó una mano para prevenir una posible interrupción—. Richmond es un lugar intermedio que podría estar muy bien. Supongo que querrás un lugar en el que poder seguir pintando. Una de las ventajas de tu trabajo es que puedes hacerlo desde casa, sin necesidad de ir a diario a una oficina o algo parecido.

—¿Vas a alquilarme una casa?

—Voy a comprarla —corrigió—. Siempre he pensado que alquilar es casi lo mismo que tirar el dinero. Además, no será solo para ti. Será para ti y para nuestro hijo.

—¿Y tendré permiso para decidir algo sobre la casa, o tendré que asimilar tus decisiones, sean cuales sean?

—Tomaremos la decisiones juntos. No podría ser de otro modo, ¿no te parece?

Entretanto, Sergio permitió a Susie seguir viviendo en su «cuchitril».

Debido al embarazo, Susie se hizo más consciente de lo poco adecuado que era aquel apartamento. Una persona joven y sola podía superar los inconvenientes, pero la perspectiva de tener un hijo allí resultaba muy poco atractiva.

Finalmente acabó viviendo entre la casa de sus padres en Yorkshire y su apartamento. Sus padres se habían tomado la noticia mejor de lo que había esperado, y ella se estaba esforzando por no encontrar significados ocultos ni segundas intenciones en lo que le decían.

Hablaba con Sergio a diario, normalmente en más de una ocasión. Él insistía en ir a visitarla a su apartamento y no trató en ningún momento de coaccionarla para que se trasladara al suyo. Respetó su decisión de ir a Yorkshire sin la más mínima protesta y, si estaba resentido por el hecho de que Susie no hubiera informado a sus padres de que le había propuesto matrimonio, lo disimuló muy bien.

Además, mantuvo las distancias.

Desde que Susie le comunicó que estaba embarazada

no trató de tocarla, excepto ocasionalmente y de pasada, pequeños roces que hacían que la sangre de Susie hirviera. Susie ni siquiera sabía lo que hacía Sergio cuando no estaba con ella, aunque ella también estaba ocupada con las ilustraciones que por fin le había encargado el museo.

Además, ¿qué habría podido decir? Ella misma había llevado su relación al terreno de los negocios y él lo había aceptado. Estaba haciendo lo que Susie le había dicho que consideraba aceptable: ayudarla económicamente y mostrarle su apoyo moral. De vez en cuando salían a cenar o a comer y, en alguna ocasión, cuando a Susie no le apetecía salir, Sergio llegó a ocuparse de cocinar para ella.

Susie había puesto los límites y él los estaba respetando.

De manera que preguntarle si estaba saliendo con alguna otra mujer no venía a cuento.

Pero no podía evitar preguntarse si ya no la desearía. La urgencia física había desaparecido y Susie empezó a pensar que la transformación que estaba experimentando su cuerpo tampoco ayudaba. El verano había llegado y le estaba costando acostumbrarse al calor. Sus pechos casi habían doblado su tamaño, y antes no era precisamente plana.

Se estaba convirtiendo en una pelota de playa.

Repentinamente desmoralizada, suspiró mientras se encaminaba hacia el taxi que había decidido tomar aquel día para acudir a casa de sus padres en lugar del metro. Se sentía exhausta. Aún inmersa en su mundo de preocupaciones, se sobresaltó cuando alguien apoyó una mano en su hombro mientras se encaminaba con paso cansino hacia la parada de taxis. Sobresaltada, se volvió y vio a Sergio ante sí. Como siempre, los latidos de su corazón arreciaron y su cuerpo empezó a hacer todas las cosas que ella le pedía que no hiciera cada vez que estaba con él. La boca se le secó y su sistema nervioso amenazó con derretirse.

–¿Qué haces aquí?

–He venido a recogerte –Sergio señaló con un gesto de la cabeza el lugar en el que Stanley estaba aparcado a la vez que retiraba de las manos las bolsas que llevaba Susie–. Al menos veo que me has hecho caso e ibas a tomar un taxi en lugar del metro. De todos modos, sigo pensando que deberías permitir que Stanley se ocupara de llevarte y traerte.

–Puede que esté embarazada, Sergio, pero aún puedo viajar por mi cuenta. Además, resulta más conveniente ir en tren.

Cuando descubrió que estaba embarazada y pensó en cómo reaccionaría Sergio al enterarse, imaginó muchas cosas, pero no que refrenaría su habitual tendencia a controlarlo todo, a ser el ganador, y que se plegaría a lo que ella quisiera.

Era muy considerado y amable con ella. Y cuanto más lo era, más tenía que esforzarse Susie por reprimir el inadecuado pensamiento de que no quería que fuese amable, sino apasionado.

Sergio se estaba mostrando amable en aquellos momentos, y ella deseaba arrojarse entre sus brazos, sentir sus sensuales labios en ella, sus manos acariciándola. Echaba aquello tanto de menos...

Una vez en el asiento trasero del coche se puso a charlar con Stanley, con el que había entablado una agradable camaradería a lo largo de aquellas semanas. Las dos pasiones de Stanley eran los coches y la repostería, y empezó a hablarle de su última receta.

—Cierra el pico, Stanley —ordenó Sergio—. ¿Cuántas veces voy a tener que decirte que...?

—Disculpe, ¡pero aquí hay alguien interesado en lo que tengo que decir... señor!

Sergio alzó las cejas y suspiró pesadamente, pero, en lugar de seguir con la conversación, cerró el cristal que los separaba de la zona del conductor, de manera que quedaron aislados.

—Eso ha sido muy grosero por tu parte —dijo Susie.

—Stanley se quedaría conmocionado si de repente me volviera un jefe blando. Además, hay un motivo por el que he venido a recogerte, Susie.

—¿De qué se trata? —preguntó ella, repentinamente nerviosa.

¿Estaría a punto de decirle que ya la había sustituido? ¿Que estaba viendo a otra pero que no se preocupara porque se aseguraría de mantenerla?

—Tengo una sorpresa para ti —dijo Sergio mientras se apoyaba contra la puerta del coche.

—No me gustan las sorpresas. Las odio.

—Esta te va a gustar —Sergio miró a Susie y sonrió—. Eres la orgullosa dueña de una casa en Richmond. Está a dos pasos del parque...

—¿Qué?

—Ya es hora de que salgas de ese apartamento en el que vives, y tu búsqueda de casa no ha dado muchos resultados hasta ahora.

—¿Y has decidido elegir tú una para acelerar las cosas? —preguntó Susie con el ceño fruncido.

–La vi hace un tiempo, pero no estaba en venta. Hice una oferta a los dueños difícil de rechazar, pero aún no quería decirte nada porque podrían haberse echado atrás en cualquier momento.

–¿Y ahora?

–Ahora tú eres la dueña de la casa.

–¡Deberías haberme avisado! ¡No puedes tomar una decisión como esa sin consultarme! ¿Y si no me gusta? –Susie sabía que estaba siendo injusta, pero Sergio le hacía sentirse como un paquete que tuviera que ser entregado urgentemente. Era tan controlado y eficiente...

–Si no te gusta, ya cruzaremos ese puente cuando lleguemos a él –replicó Sergio con calma–. Y entretanto...

–¿Entretanto qué?

–Trata de no ver solo los aspectos negativos del asunto.

A Sergio no le habría extrañado que Susie hubiera estado retrasando lo de la casa deliberadamente para poder ir a instalarse en Yorkshire, lejos de él y de su intervención.

Pero no pensaba aceptar nada parecido. Oh, no. No pensaba permitir de ningún modo que se alejara de él...

Capítulo 8

¿CÓMO están tus padres?

Sergio solo los había visto una vez desde la boda. Los había invitado a comer en su restaurante, el mismo en el que había conocido a su hija. Pero no se había mencionado su relación con ella. Con la típica reticencia de las personas de clase alta, se habían mantenido diplomáticamente apartados de cualquier tema polémico.

—Bien.

—¿Les has mencionado nuestro acuerdo financiero?

—Les he dicho que no piensas salir corriendo.

—¿Y eso te parece suficiente?

—Entienden que no vayamos a casarnos aunque me haya quedado embarazada.

—¿A pesar de que eso es lo que les gustaría?

Susie se encogió de hombros.

—Creo que entienden que hoy en día la gente ya no se ve obligada a casarse por un embarazo accidental. Saben que no me vas a...

—Dejar en la estacada —concluyó Sergio por ella—. ¿Y les has mencionado que vas a comprar una casa?

—Les he dicho que estoy buscando un lugar más adecuado para vivir y que como tú has insistido en implicarte en el aspecto financiero no tienen por qué preocuparse.

–¿Y les has mencionado que te he propuesto matrimonio?

–¿Para qué voy a mencionárselo si no vamos a casarnos?

Sergio asintió lentamente, pero no dijo nada. Con cada día que pasaba, sentía que Susie se alejaba más de él. La pasión que había habido entre ellos aún lo mantenía despierto por las noches, pero sentía que, abrumada por los acontecimientos, Susie iba perdiendo gradualmente el interés.

Sentía ocasionalmente el calor que emanaba de ella, pero cada vez empezaba a ser más habitual la sensación de distanciamiento. Lo que más deseaba era hacerle salir de su introversión para que volviera al mundo de los vivos... mundo que lo incluía a él.

Probablemente en aquellos momentos estaba maldiciéndolo en silencio por haberle encontrado un lugar en el que vivir, eliminando así la posibilidad de que acabara instalándose definitivamente en casa de sus padres en Yorkshire. Si estos hubieran reaccionado mal cuando Susie les confesó que estaba embarazada, las cosas habrían podido ser distintas, pero lo cierto era que habían reaccionado bien y lo único que habían hecho había sido ofrecerle su apoyo. Desde el momento en que había conocido a Louise y Robert Sadler había sabido que el afán de Susie por satisfacerlos, su sensación de ser la menos capaz de su familia, la que siempre decepcionaba a todos, era en gran parte producto de su imaginación.

Susie había crecido a la sombra de su académicamente exitosa hermana, y tanto su padre como su madre eran titulados universitarios. De ahí había surgido la hipersensibilidad de Susie, lo que le había llevado a malinterpretar cosas que sus padres debían haberle dicho en el pasado.

Pero habían asumido todo el asunto del embarazo con verdadero aplomo y la tentación de Yorkshire se había convertido en una amenaza muy real para las intenciones que tenía Sergio de mantener a Susie lo más cerca posible.

Se había planteado informar a sus padres de que le había propuesto matrimonio, pero, imaginando la reacción de Susie, no tardó en descartar aquella posibilidad.

–Podrías hacer un esfuerzo para que no pareciera que te estoy llevando a la cámara de tortura –dijo, y Susie, que llevaba un rato mirando por la ventanilla, se volvió hacia él.

–Lo siento. Estaba totalmente ensimismada.

–¿Pensando en qué?

–En la ilustración que estoy haciendo –mintió Susie–. Es bastante compleja.

Sergio pensó que no había motivo para que pasara tanto rato inclinada sobre un caballete trabajando en algo que apenas daba dinero, pero se guardó el comentario.

–¿No te interesa saber cómo es la casa?

–Teniendo en cuenta que ya la has comprado, supongo que da igual –dijo Susie educadamente–. Sé que debería mostrarme más agradecida. Estás portándote muy bien en todos los sentidos. La mayoría de los hombres habrían salido corriendo hace tiempo.

–Y otros habrían tratado de imponerte el matrimonio.

–Supongo... Aunque no se puede forzar a alguien a hacer algo que no quiere.

–Te sorprendería saber cuántos hombres hay a los que no les gustaría nada que sus hijos nacieran fuera del matrimonio.

–Esa es una forma realmente anticuada de ver las cosas. Además, creo que eso es mejor para un niño que crecer junto a unos padres infelices.

Las ajetreadas calles por las que estaban circulando habían dado paso a espacios más abiertos y las casas estaban más separadas unas de otras.

–¿Dónde estamos? –preguntó Susie al fijarse en un gran parque que había a su derecha.

–En el parque Richmond. Es muy grande –contestó Sergio, serio, pensando que Susie solo veía la posibilidad de su unión como un futuro campo de batalla.

Finalmente, tras recorrer algunas calles más, el coche se detuvo ante una casa que se hallaba en medio de un jardín bien cuidado.

–Es aquí –dijo Sergio mientras salían del coche.

–Es... asombrosa...

–Pareces conmocionada. ¿Qué esperabas? ¿Una versión reducida de mi apartamento? No te molestes en contestar. Deduzco por tu expresión que así era.

Sergio tenía la llave de la puerta principal, pero primero quería que Susie viera el jardín. Cuando rodearon la casa, Susie se quedó boquiabierta al ver el jardín trasero que, bordeado de árboles frutales, ofrecía unas espectaculares vistas del inmenso parque que había en la zona. A pesar de encontrarse en Londres, la casa parecía estar en pleno campo.

El interior, desde la acogedora cocina hasta las habitaciones, cada una con su propia personalidad, también sedujo de inmediato a Susie.

—¿El mobiliario pertenecía a los dueños anteriores? —preguntó.

—No. Hice que renovaran todo cuando compré la casa.

—Así que has elegido la casa y también el mobiliario.

—¿Te gusta?

—Esa no es la cuestión...

Cuando Sergio avanzó hacia ella, Susie dio un instintivo paso atrás.

—¿Cuánto tiempo piensas mantener esta silenciosa guerra entre nosotros, Susie? —preguntó Sergio a la vez que la tomaba por la barbilla para obligarla a mirarlo.

—Yo no... no hay ninguna guerra silenciosa entre nosotros... —murmuró Susie, consciente de que, si Sergio la tocaba, no sabría qué hacer. Pero las cosas habían cambiado y se negaba a caer de nuevo en la rutina de permitir que su cuerpo guiara a su cerebro.

—Me encanta todo esto —dijo a la vez que se apartaba para mirar a su alrededor—. Los tonos son perfectos, cálidos, justo del estilo que me gustan.

Sergio, que estaba distraído mirándola y deseando acariciar las sensuales curvas de su cuerpo, apenas la escuchó.

—Vamos a echar un rápido vistazo arriba antes de irnos. La casa está lista para que te traslades en cuanto desees hacerlo.

Susie, que había captado el brillo del deseo en su mirada, notó cómo lo reprimió de inmediato. Aquello le produjo una decepción absurda, y prácticamente subió las escaleras corriendo. Al llegar arriba se detuvo y fue mirando las cuatro habitaciones que daban al pasillo, al final del cual había...

Susie se detuvo en seco tras abrir la puerta y ver ante sí un amplio estudio que daba al jardín trasero y en el que entraba luz a raudales a través de unos inmensos ventanales.

—¿Te valdrá?

Susie se volvió hacia Sergio y sonrió con timidez.

—Tengo un estudio...

Exploró cada rincón de la habitación mientras él permanecía en el umbral de la puerta, mirándola.

—La luz es perfecta —dijo con entusiasmo—. Y la mesa de trabajo... y el doble fregadero. Podría poner el caballete justo ahí. Ya no tendré que sentarme más a esa horrible mesa con una luz a mi lado incluso de día...

—Algo nada conveniente para una mujer embarazada —asintió Sergio con voz ronca.

Llevaban tantos días andando de puntillas uno en torno al otro que no se había dado cuenta de hasta qué punto echaba de menos ver a Susie realmente relajada. Nunca había deseado besarla tanto como en aquel momento. Estaba harto de comportarse como un buen tipo.

Susie avanzó hacia él y lo rodeó con los brazos para darle un abrazo.

Un abrazo. Pero Sergio no quería un abrazo. La apartó con delicadeza de su lado porque sabía que, si no lo hacía, sería responsable de lo que pudiera suceder a continuación. Y también sabía que lo que pudiera suceder a continuación rompería la frágil unión que había entre ellos y haría que Susie saliera corriendo a refugiarse en Yorkshire con sus padres.

Y aquello era algo que no pensaba permitir.

Estaba jugando al juego de la espera, un juego en el que carecía de experiencia. Pero sabía que acabaría mereciendo al pena.

—Desde luego que no.

Avergonzada por su entusiasta reacción, que no había sido correspondida por Sergio, Susie salió del estudio tras echar un último vistazo.

—Deduzco por cómo has reaccionado que la casa no te ha desagradado tanto como temías —dijo Sergio un rato después, mientras se alejaban en el coche de la casa.

—Temí que fuera a parecerse a tu apartamento.

—¿Me estás diciendo que te desagrada mi apartamento?

—Tu apartamento es realmente impresionante, pero, cuanto más tiempo paso en él, más aséptico me parece.

—Encargué el interior a un famoso diseñador y a mí me vale. Tampoco paso mucho tiempo en él.

—¿Y quién se ha ocupado de amueblar esta casa? —preguntó Susie con curiosidad.

Sergio se ruborizó ligeramente.

—Otra persona.

—¿Y tú supervisaste el asunto?

–Un poco.

–No te imagino yendo a una tienda a elegir los colores de las cortinas, o un sofá. Ya costaba bastante trabajo hacerte bajar al supermercado de la esquina.

–Pero reconocerás que cuando lo hacía se me daba muy bien conseguir lo que queríamos.

–De eso nada. Te dedicabas a deambular por los pasillos mirándolo todo como un niño...

Susie se interrumpió. ¿Habían llegado realmente a alcanzar aquel nivel de domesticidad? ¿Cómo había sucedido? ¿Cuándo? ¿Y cómo era posible que Sergio no se hubiera dado cuenta? Decidió cambiar rápidamente de tema.

–Tendré que echar un vistazo a las tiendas locales, averiguar los autobuses que pasan por la zona...

–Lo que nos lleva al asunto de tus idas y venidas de la casa y al problema del metro y el autobús. Eso no funciona.

–¿No hay transporte público cercano? –preguntó Susie, decepcionada.

–A lo que me refiero es a que te voy a comprar un coche. Y antes de que te lances a echarme un sermón para decirme que no necesitas uno, debo decirte que el asunto no es negociable. No quiero verte en invierno yendo a tomar el metro o corriendo tras algún autobús. Lo único que tienes que decidir es el coche que quieres.

–Un Lamborgini deportivo... –dijo Susie entre dientes.

Sergio rompió a reír.

–¿De qué color?

–Estaba bromeando.

–No te lo habría comprado. No resultaría práctico.

Si yo voy en el coche contigo, ¿dónde íbamos a poner al bebé? ¿En el techo?

–No te había imaginado en el coche conmigo –replicó Susie, tensa, y entrecerró los ojos ante la sonrisa que aún curvaba los labios de Sergio–. ¿Qué te hace pensar que te llevaría a algún sitio?

–¿Quién sabe? –preguntó Sergio con un elegante encogimiento de hombros típico en él–. ¿Y si de repente decides que quieres que te acompañe al supermercado?

–¡Eso no va a pasar! –replicó Susie. Para Sergio, acompañarla al supermercado no había tenido más significado que el hecho de que la quería en su cama, mientras que para ella aquellos pequeños detalles de la vida cotidiana habían sido los ladrillos con que había creciendo una relación que se había vuelto el centro de su vida–. Supongo que un coche resultaría útil –reconoció, en parte porque era cierto y en parte porque sabía que Sergio acabaría haciendo lo que tenía pensado–. Pero me basta con que sea pequeño y de segunda mano.

–Yo no compro nada de segunda mano.

Aquel comentario provocó un bufido por parte de Stanley y Sergio subió de inmediato el cristal que separaba las dos partes del coche, no sin antes comentar a su chófer que se concentrara en hacer el trabajo para el que le pagaba.

–Pero no me importa que el coche sea pequeño –dijo a la vez que miraba su reloj–. Y no hay ningún momento como el presente para hacer las cosas.

–¿Vas a comprarme hoy el coche? –preguntó Susie, asombrada.

–¿Qué sentido tendría retrasarlo? La casa está lista y puedes trasladarte mañana mismo, así que necesitarás el coche cuanto antes.

Para las seis de la tarde Susie era dueña de un brillante coche negro de cinco puertas con todos los accesorios posibles.

–Una casa y un coche –admitió a última hora de la tarde mientras hablaba por teléfono con su madre desde el apartamento que había quedado en abandonar al día siguiente.

–Qué hombre tan decente –dijo Louise Sadler con su discreción habitual–. Sabía que estaba dispuesto a apoyarte económicamente, pero buscar personalmente una casa de tu gusto... Comprendo que haya querido comprarte un coche, pero el hecho de que haya elegido el mobiliario y lo demás de la casa de tus sueños...

–Contrató a alguien para que se ocupara de eso. Tan solo le dio algunas ideas. Eso es fácil de hacer cuando se tiene dinero. Y yo no he dicho que sea la casa de mis sueños. La casa de mis sueños nunca estaría en Londres.

–Pues en ese sentido Sergio ha sido bastante perspicaz, porque ha buscado la casa en un sitio tan tranquilo que casi parece que está en el campo.

–Pura suerte.

–A tu padre le costó siglos encontrar una...

–Mamá, nosotros no tenemos esa clase de relación –Susie sintió que había llegado el momento de abordar ciertos temas con su madre antes de que empezara a hacerse ideas equivocadas–. Sergio y yo nos hemos divertido mucho, pero la relación habría acabado apagándose si no me hubiera quedado embarazada.

–Así son las cosas hoy en día –dijo Louise tras dar un profundo respiro–. Nada es perfecto, cariño. Pero lo único que importa de verdad es que te sientas fuerte para enfrentarte a la circunstancia de ser una madre soltera.

–¿Lo dices en serio, mamá?

–Por supuesto. Tu padre y yo estamos muy orgullosos de ti y de cómo estás manejando esta situación inesperada. Has sido fuerte y muy valiente. Eres una auténtica luchadora.

–¿De verdad?

–Por supuesto, cariño –dijo Louise con firmeza–. Te has empeñado en hacer lo que quieres hacer, nunca has aceptado la ayuda que podríamos haberte dado tu padre y yo, y te has esforzado como una verdadera guerrera por mantener tu independencia. Seguro que no estás aceptando nada de Sergio sin pelea.

Susie rio, animada por las palabras de su madre.

–Hago ruidos –confesó–. Ya sabes que no me gusta tener que aceptar su ayuda. Pero, si Sergio decide hacer algo, es prácticamente imposible impedírselo. ¡Es el equivalente humano de una apisonadora.

–Supongo que no hay más remedio que ser así para llegar a donde ha llegado...

Reconfortada por la conversación que había tenido con su madre, Susie durmió profundamente aquella noche y despertó a la mañana siguiente al escuchar el insistente sonido del timbre de la puerta.

Sin molestarse en mirar la hora, se puso a medias la bata sobre el pequeño camisón que llevaba puesto y que se ceñía a su cada vez más redondeado cuerpo.

Al abrir la puerta se encontró frente a Sergio, que estaba a punto de volver a pulsar el timbre.

Susie bostezó.

–¿Qué hora es?

–Más de las nueve y media. ¿Has olvidado que hoy te mudas?

La voz de Sergio sonó normal, pero él no se sentía exactamente normal. Hasta entonces solo había percibido los cambios del cuerpo de Susie a través de capas y capas de ropa, pero en aquellos momentos estaba en pie ante él, con la bata abierta y un diminuto camisón que dejaba expuesto todo lo que no había podido ver todavía.

Un instantáneo y intenso deseo se adueñó de él al instante. El vientre de Susie se había redondeado, sus pechos habían crecido y a través de la fina tela del camisón podía verse fácilmente el contorno de sus pezones, más grandes y oscuros.

De pronto notó que le costaba respirar. Quería cerrar la puerta, llevar a Susie a la cama y tomarla sin preámbulos. Nunca había experimentado nada parecido a aquella sensación tan primaria, tan instintiva... El deseo de poseerla allí mismo era tan intenso que tuvo que apartar la mirada.

–Espero que no tengas por costumbre abrir la puerta con ese atuendo –murmuró roncamente–. Deberías taparte un poco más.

Susie se ruborizó intensamente al darse cuenta y se ciñó rápidamente la bata. Se apartó de la puerta para dejar pasar a Sergio y luego se excusó para ir rápidamente al dormitorio a cambiarse.

Cuando regresó a la salita de estar encontró a Sergio mirando por la ventana.

—Lo siento —dijo, tensa, mientras él se volvía—. Me he dormido. Había planeado ponerme el despertador. Últimamente no paro de olvidarme de todo.

Consciente de la tensión reinante, quiso decirle que se relajara, que no estaba a punto de saltar sobre él.

—No pasa nada —murmuró él.

—Pero sí he llenado una maleta —continuó Susie, incómoda—. Tampoco es que tenga mucho que llevarme, y creo que voy a dejar aquí parte de la vajilla y algunas cosas más. Tampoco tiene mucho sentido que me la lleve, ¿no te parece?

Silencio.

—¿Te encuentras bien? Estás un poco pálido.

—Deberíamos ir a... instalarte. Así tendrás el día entero para... He hecho una compra básica de comida y otras cosas... —Sergio temió estar convirtiéndose en un memo balbuceante. Se frotó la parte trasera del cuello con la mano.

—No deberías haberte molestado.

—No pasa nada —Sergio recuperó lentamente la compostura. Afortunadamente, también había recuperado la capacidad de respirar—. Tienes que descansar. No conviene que tengas que salir cada dos por tres a comprar —añadió a la vez que tomaba del suelo la maleta que había junto a la ventana—. Solo deberías dedicarte a pintar y a descansar cuando estés cansada.

—Si hago eso me pondré como una foca. Una mujer

embarazada tiene que hacer ejercicio, o de lo contrario los kilos no paran de acumularse

Sergio no dijo nada mientras salían del apartamento, pero, desde su punto de vista, el sobrepeso de Susie no había hecho más que incrementar su atractivo sexual.

Susie se sorprendió al ver que aquel día no estaba Stanley al volante.

—Se ha tomado una semana de vacaciones para acudir a un cursillo de repostería en Devon —explicó Sergio mientras ponía en marcha el vehículo—. Ese hombre nunca deja de asombrarme. Ha cambiado sin aparente esfuerzo su vida de ladrón de coches por la repostería.

«Eso se debe a que tú eres su mentor», fue el pensamiento que surgió al instante en la cabeza de Susie.

La casa le gustó en aquella segunda visita tanto o más que la primera. El jardín le pareció más grande, más frondoso, y el interior más acogedor, más casero de lo que recordaba.

Y Sergio se había quedado un poco corto al decir que había hecho algo de compra. Los armarios de la cocina estaban llenos, al igual que la nevera.

—Enviaré a alguien a tu casa para que recoja el resto de tus cosas —dijo Sergio.

—En realidad apenas hay nada. Solo quedan algunos carteles y algunas baratijas que compré para que el apartamento resultara menos... menos...

—¿Deprimente? —concluyó Sergio por ella.

—Tal vez... —instintivamente, Susie se llevó una mano al vientre y bajó la mirada—. ¿Por qué no te quedas a almorzar? A fin de cuentas has llenado de co-

mida los armarios... es lo mínimo que puedo hacer...
Aunque supongo que estarás muy ocupado...

Cuando su mirada se encontró de nuevo con la de
Sergio sintió que su cuerpo renacía. Sus pezones se
tensaron, sus piernas se volvieron de gelatina y sintió
algo parecido al dolor irradiando desde su pelvis. Sergio la estaba mirando con tal intensidad... Aturdida y
sintiéndose de pronto tan débil como una gatita, se
apoyó contra la pared.

—En realidad no quieres que me quede, Susie.

—¿Por qué dices eso? Acabo de pedírtelo, ¿no?

Sergio avanzó hacia ella.

—Si me quedo... voy a tener que tocarte.

—¿A qué te refieres? —Susie se odio a sí misma por
haber preguntado aquello, porque la respuesta estaba
escrita en la intensidad de la mirada de Sergio.

—Has cambiado... tus pechos son más grandes...

—Es el embarazo —dijo Susie débilmente. Sabía que
debía resistir, que tendría que haber dicho algo irónico
o divertido, pero en lo único que lograba pensar era
en lo guapísimo que era Sergio y en cuánto deseaba
hacerle el amor.

Mirándola, Sergio supo que podía tenerla en aquel
mismo instante, allí mismo. Probablemente ni llega-
rían al dormitorio. ¿Pero qué probaría eso? Nada. ¿Y
qué sucedería después?

Aunque el matrimonio no fuera una opción, ¿estaba dispuesto a poner en riesgo la frágil tregua que
había entre ellos metiendo en la cama a Susie como si
fuera alguien incapaz de mantener el control? Había
basado su vida en el control, y sabía que el control era
el aliado más poderoso que uno podía tener.

Pero la deseaba tanto que sentía que le dolía todo el cuerpo. Quería deslizar una mano bajo su jersey, sentir el peso de sus pechos, subirle el jersey y succionar sus pezones, más grandes y oscuros a causa de su embarazo. Y quería saborearla abajo, colmarse de ella y luego penetrarla sin tener que molestarse en tomar precauciones.

–No voy a quedarme –dijo con brusquedad–. Debería irme. ¿Necesitas algo más?

El cuerpo de Susie se enfrió al instante ante el rechazo que Sergio ni siquiera se había molestado en disfrazar.

–No necesito nada más. Y tienes razón; ha sido una tontería que te pidiera que te quedaras. Claro que tienes razón. Deberías irte ya.

Capítulo 9

E L PRIMER impulso de Susie cuando experimentó una contracción fue ignorarla. No quería que la tildaran de histérica hipocondríaca en
el hospital que le tocaba, y además Sergio acababa de
irse y no quería hacerle volver por una tontería.

Las cosas entre ellos habían ido razonablemente
bien durante aquellos cuatro últimos meses.

Cuanto más había ido creciendo su cuerpo, más había tratado de ocultarse bajo capas y capas de ropa.
Sergio la había rechazado en aquella última ocasión y
no pensaba caer en la trampa de creer que tal vez aún
la encontraba sexy. No quería sentirse aún más vulne-
rable, sobre todo porque sus sentimientos por él no habían hecho más que acrecentarse con el paso del tiempo.

Sergio la llamaba a diario y acudía a visitarla tres
o cuatro veces por semana. A pesar de sus protestas,
había contratado a un jardinero para que no tuviera que
hacer esfuerzos, y solía comprobar el estado de las lu-
ces y de todo lo demás cada vez que acudía a verla,
probablemente para eliminar cualquier posibilidad de
que tuviera que subirse a una escalera.

La trataba como si fuera una delicada pieza de porcelana, algo que Susie odiaba, porque en realidad an-
helaba mucho más que una mera parodia de domesti-

cidad. Echaba de menos los días en que Sergio había sido incapaz de mirarla sin desearla, cuando había sido incapaz de estar con ella en la misma habitación sin tocarla, y cuando la presencia de una cama siempre había llevado a un inevitable y apasionado resultado. Quería que Sergio se mostrara tan atento como se mostraba por ella misma, no solo porque fuera el recipiente de su bebé.

Y a veces no podía evitar preguntarse si ya habría otra mujer en su vida, alguna abogada de altos vuelos que mantenía oculta para no inquietarla durante el embarazo.

Se aferraba a la esperanza de que cuando el bebé naciera podrían formalizar algún tipo de acuerdo. Sergio ya no necesitaría ocuparse de ella como la mujer que llevaba a su hijo dentro y podrían organizar algún sistema de visitas que le permitiera recuperar la libertad para seguir adelante con su vida sin que él se estuviera entrometiendo constantemente en ella.

Una nueva y dolorosa contracción le hizo encogerse y mirar instintivamente el móvil que tenía a su lado. Se levantó y respiró profundamente varias veces para tratar de mantener la calma. Aún le faltaban dos meses y medio para salir de cuentas y no quería asustarse por una mera punzada.

Aunque tampoco quería ignorar algo que pudiera resultar serio...

Cuando experimentó una nueva contracción, tomó el teléfono y marcó el número de Sergio.

–Probablemente no sea nada... –empezó cuando Sergio respondió a su llamada.

Sergio, que se dirigía hacia su apartamento, giró de

inmediato en la rotonda en que se encontraba para cambiar de dirección. Había captado el miedo en el tono de Susie con una facilidad sorprendente, algo que no le había sucedido en la vida con ningún otro ser humano.

—¿Qué quieres decir con que probablemente no sea nada?

—¿Te molesta que te haya llamado?

—Me molesta que no me cuentes por qué has llamado, pero da igual, porque ya estoy de camino. No tardaré más de un cuarto de hora.

—No hay prisa —logró decir Susie entre dientes.

Quince minutos después oyó el timbre de la puerta.

—Cuéntame —ordenó Sergio nada más verla. A pesar de su valiente sonrisa, la palidez del rostro de Susie lo asustó—. De acuerdo, cuéntamelo camino del hospital. Vamos. Ya volveré a por la bolsa que tienes preparada por si acaso.

Susie no tuvo más alternativa que obedecer.

—Solo he sentido un poco de dolor —dijo débilmente mientras Sergio volvía a poner el coche en marcha—. En el estómago.

—¿Contracciones? ¿Como las Braxton Hicks?

—¿Disculpa?

—Me he estado informando un poco —explicó Sergio, reacio.

Susie contempló su perfil, asombrada.

—No es nada —añadió él sin mirarla—. Simplemente me gusta saber con qué estoy tratando.

—No sé qué me pasa, Sergio, pero creo no es bueno —susurró Susie.

—No hables. Trata de respirar profunda y calmadamente. Hay que evitar que hiperventiles a causa del miedo. Estoy seguro de que no se trata de nada grave –Sergio apoyó una mano en la de Susie mientras hablaba, y ella tuvo que parpadear para alejar las lágrimas que se acumularon en los ojos a causa de la emoción.

El dolor de las contracciones le hizo mantener los ojos cerrados hasta que los abrió al sentir que Sergio detenía el coche ante el hospital. A partir de aquel momento todo sucedió rápidamente.

Sergio se hizo cargo de la situación y la gente le obedeció. Las enfermeras, más acostumbradas a dar órdenes que a recibirlas, siguieron sus instrucciones como si las hubiera hipnotizado con su voz.

–Debería haberte hecho una reserva en un hospital privado –murmuró Sergio en determinado momento–. No debería haber permitido que me convencieras para utilizar un hospital de la sanidad pública...

–No seas tonto. Estoy segura de que aquí estaré mejor.

–Estás pálida como una sábana.

–La verdad es que estoy un poco asustada... –admitió Susie.

Manifestar en alto aquello le hizo comprender que en realidad estaba aterrorizada. ¿Y si perdía el bebé?

Una vez instalada en una cama del hospital, con un montón de gente a su alrededor preparándolo todo para hacerle una ecografía, Susie se hizo verdaderamente consciente de hasta qué punto aquel bebé se había convertido en parte de su presente y su futuro.

Sergio había desaparecido temporalmente y un nuevo y aterrador pensamiento golpeó a Susie con la fuerza de un mazo. Si perdía al bebé, Sergio desaparecería de su vida en un abrir y cerrar de ojos. Ya no tendría motivos para seguir a su lado.

Cuando Sergio reapareció unos minutos después le dedicó una mirada febril. Debía dejarle claro que comprendía lo que estaba sucediendo y las implicaciones que tendría que las cosas fueran mal.

—Ya están listos para hacerte la prueba... Pero no estés tan asustada, Susie —dijo con una sonrisa—. Todo va a ir bien.

—Puede que no —murmuró Susie—. Hay montones de cosas que pueden ir mal.

—No conviene que pienses en lo que podría ir mal. No hay que sacar conclusiones precipitadas antes de que te hagan la ecografía.

Sergio, que nunca en su vida había sentido miedo, comprendió que en aquellos momentos lo estaba sintiendo. No necesitaba que Susie le recordara lo que podía ir mal. Se había leído de arriba abajo el libro que había comprado sobre el embarazo y tenía mucha información.

—Quería preguntarte algo... —murmuró Susie.

Sergio la tomó de la mano y la miró atentamente.

—¿Qué quieres preguntarme?

—¿Has encontrado a otra?

Sergio se quedó momentáneamente perplejo al escuchar aquello, pero vio que Susie lo miraba con una expresión realmente expectante.

—¿De dónde te has sacado eso?

—La idea lleva tiempo rondándome la cabeza. Solo quiero que sepas que no tienes por qué ocultármelo.

—Este no es el momento ni el lugar adecuado para tener una conversación sobre algo tan absurdo —dijo

Sergio con aspereza–. Concéntrate en mantener la calma y mantener una actitud optimista.

–Estoy calmada y me siento optimista.

–Eres la mujer más exasperante y testaruda que he conocido y supongo que no vas a dejar el tema hasta que te dé una respuesta –Sergio se pasó una mano por el pelo con un suspiro–. ¿Cuándo diablos crees que habría tenido tiempo para encontrar otra mujer?

–¿Es eso un no?

–Es un no.

–Porque no pasa nada... Eres un hombre libre –insistió Susie, casi con fervor.

–Comprendo lo que me estás diciendo.

–Eso espero, Sergio. Porque si... si...

Susie se vio interrumpida por la repentina llegada de dos enfermeras y un paramédico que le comunicaron que iban a llevarla a la sala de ecografías.

Cuando entraron en la sala, el médico que iba a ocuparse de la ecografía palmeó cariñosamente el hombro de Susie.

–No hay nada de qué preocuparse, señorita Sadler –dijo mientras se sentaba a su lado y comenzaba a manejar el aparato de las ecografías.

Susie era muy consciente de que Sergio estaba a su lado. Durante aquellos meses no le había permitido acudir a ninguna de sus citas con el tocólogo. No estaba segura de por qué, pero suponía que se debía a que habría supuesto otra pequeña rendición ante el abrumador amor que sentía por él. Necesitaba mantener las distancias para conservar un poco de neutralidad, o sabía que de lo contrario estaría perdida.

Cuando le abrieron la bata y su vientre quedó expuesto, se hizo muy consciente del cuerpo que había ocultado a Sergio durante los pasados meses.

Ruborizada, fijó la mirada en la pantalla del ecógrafo y trató de no pensar en su abultado y redondeado cuerpo.

Mientras, Sergio se estaba preguntando por qué le había dicho Susie que para ella no suponía ningún problema que saliera con otra mujer. ¿Habría sido su forma de recordarle que ella también era libre de salir con otros hombres?

Bajó la mirada hacia el vientre de Susie. Era la primera vez que veía la transformación que había sufrido su cuerpo a causa del embarazo, y experimentó un intenso sentimiento de posesión. ¿Sería posible que Susie se estuviera planteando buscarle un sustituto para cuando hubiera dado a luz?

Sergio apartó de inmediato aquel pensamiento de su cabeza. No era el momento adecuado para ponerse a pensar en aquello.

Cuando fijó la vista en el monitor del ecógrafo, olvidó todas sus preocupaciones y ansiedades mientras el médico iba explicando paso a paso lo que veían, incluyendo los fuertes latidos del corazón, que indicaban que todo iba bien y que no había nada de qué preocuparse.

—Siempre es buena idea acudir al hospital cuando sucede cualquier cosa fuera de lo normal —explicó el médico amablemente cuando terminó con la ecografía y Susie pudo volver a cubrirse el estómago.

—Me he asustado —confesó Susie.

—Es totalmente comprensible. Afortunadamente, todo parece estar en orden. Pero debe tener especial precaución durante el resto del embarazo. ¿Se aloja alguien más con usted?

—Yo voy a trasladarme a vivir con ella —dijo Sergio, y Susie lo miró boquiabierta.

Sergio no le devolvió la mirada. Sabía que Susie quería preservar su independencia a toda costa y que la perspectiva de compartir la casa con él no le parecía especialmente atractiva.

—¿A qué te referías cuando le has dicho al médico que ibas a trasladarte a vivir conmigo? —fue lo primero que preguntó Susie en cuanto estuvo instalada en el coche junto a Sergio para regresar a casa—. Entiendo que te preocupe que pueda acabar de nuevo en el hospital por haberme cansado más de lo debido, pero no tienes por qué preocuparte. Tengo intención de tomarme las cosas con calma a partir de ahora.

—¿Cómo que a partir de ahora? —preguntó Sergio con el ceño fruncido.

—Bueno... lo cierto es que he estado limpiando la casa a fondo y también me he dedicado a colgar algunos cuadros que he traído de casa de mis padres. Últimamente he tenido un subidón de energía y he decidido aprovecharlo.

Sergio se pasó una mano por el pelo y le dedicó una mirada de evidente frustración.

—¿Y todo eso ha implicado que tuvieras que subirte a una escalera de mano?

—¡Las mujeres embarazadas no dejan de subir escaleras todo el rato! De hecho es prácticamente lo único que hacen.

–¿Y te has estado alimentando adecuadamente?

–Por supuesto –contestó Susie sin dudarlo, aunque lo cierto era que entre la limpieza, los cuadros y terminar su trabajo para el museo, su alimentación había quedado en segundo o tercer plano. Se las había arreglado con algunas galletas saladas y sándwiches de queso.

–Pienso trasladarme mañana mismo –dijo Sergio con firmeza–. Es evidente que te has estado excediendo. Puede que tú estés dispuesta a correr riesgos, pero yo no. Dejemos bien claro esto: no se trata solo de ti. Te guste o no, vas a tener que cuidarte como es debido.

–¿Pero para eso no hace falta que vengas a vivir conmigo?

–Voy a dejarte en casa para que duermas y descanses. Volveré a primera hora de la mañana para asegurarme de que desayunes como es debido.

–¿Y también piensas tomarte tiempo libre de tu trabajo para supervisar mi almuerzo?

–Ahora que lo mencionas, puedo trabajar desde la casa, de manera que podré supervisar tus almuerzos y todo lo demás. Si quieres comportarte como una cría, no esperes que te trate como si fueras una mujer adulta.

–¡No me estoy comportando como una cría y no quiero tenerte a mi alrededor todo el tiempo metiéndote en mis asuntos!

–Lo siento mucho, pero así va a ser –dijo Sergio en un tono que no admitía réplica.

Hicieron el resto del trayecto en silencio. Cuando llegaron, Sergio acompañó a Susie hasta la puerta.

–¿A qué hora piensas venir mañana? –preguntó ella, reacia–. Y no estaría mal que me informaras de cómo van a funcionar las cosas mientras estás aquí.

–De acuerdo. Voy a establecerme en la habitación que hay en la planta baja. Ya tiene un escritorio. Haré que me traigan el ordenador de mesa del trabajo para tenerlo a mano junto con mi portátil y voy a hacer que instalen una línea de teléfono extra para que no te molesten con mis llamadas de trabajo. También cuento con el móvil. ¿Qué te parece el plan de momento?

–Opresivo –contestó Susie, visiblemente abatida.

Sergio frunció el ceño.

–Tienes esta noche para hacerte a la idea.

–Me había acostumbrado a vivir rodeada de paz y tranquilidad.

–Me aseguraré de no tocar la trompeta demasiado alto. Me lo agradecerás cuando el bebé nazca sano y regordete.

¿Y después?, se preguntó Susie. ¿Qué pasaría después? Ella se habría acostumbrado a tener a Sergio en casa. Lo sabía porque ya se estaba acostumbrado a ello y aún ni siquiera vivían juntos.

–Y... ¿cómo has pensado que vamos a organizarnos para dormir?

La mente de Sergio volvió al instante a la imagen de Susie en la camilla con el vientre descubierto, el vientre de una mujer fértil. De *su* mujer.

Pero en realidad Susie no era su mujer.

En aquellos momentos era la mujer que estaba poniendo barreras a la incomodidad que por lo visto le suponía que fuera a vivir con ella. Pero no pensaba ponerse a discutir al respecto. Lo último que le convenía a Susie en aquellos momentos era la tensión.

–Hay cuatro dormitorios en la casa, Susie, y no creo

que suponga ningún problema que utilice uno de ellos. Además, dos de los dormitorios incluyen un baño, así que no correremos el peligro de cruzarnos a primera hora de la mañana mientras nos cepillamos los dientes.

Susie se ruborizó, consciente de que Sergio estaba dispuesto a trasladarse allí con ella sin manifestar la más mínima queja. Le iba a costar mucho más llegar a su trabajo por las mañanas, y trabajar desde la casa también iba a suponer un sacrificio.

¿Por qué acababa sintiéndose siempre como la mala de la película?

Porque quería mucho más de Sergio, y eso hacía que se mostrara irritable, que pareciera que no le agradecía los pequeños detalles, ni los grandes. Porque, por grandes que fueran, no lo eran lo suficiente.

—No te preocupes tanto por este asunto, Susie. Además, no durará mucho.

—¿Lo dices porque cuando el bebé nazca te irás?

—¿Acaso querrías que me quedara?

Por un instante, Susie estuvo a punto de lanzar cualquier precaución al viento y contestar que lo que en realidad quería era un anillo en el dedo y que Sergio compartiera su cama mientras envejecían juntos. Lo que quería era que estuviera locamente enamorado de ella, y habría sido débil y estúpido pensar en conformarse con cualquier otra cosa.

—Incluso estoy dispuesto a echarte una mano con la cocina —añadió Sergio con una sonrisa que hizo revivir al instante el cuerpo de Susie.

—¿Eso es una amenaza o una promesa?

—Prometo consultar los libros de recetas antes de echar nada en la sartén.

–Supongo que será agradable tener a alguien que cocine para mí.

–Ya sabes que el médico ha dicho que lo último que te conviene es el estrés. Tampoco me parece buena idea que pases demasiado tiempo trabajando en tus ilustraciones.

–Suelo levantarme a menudo a estirar las piernas mientras pinto. Además, ya casi he terminado el encargo, y las siguientes ilustraciones que voy a hacer son para un libro de niños, de manera que no me llevará tanto esfuerzo.

Sergio asintió lentamente.

–¿Vas a estar bien quedándote sola esta noche?

–Por supuesto. Además, estoy tan cansada que creo que me quedaré dormida en cuanto apoye la cabeza en la almohada.

A diferencia de épocas anteriores, cuando irse a la cama había supuesto bastante más que irse a dormir. Aquel pensamiento hizo que la mente de Susie se viera invadida al instante por los recuerdos de las caricias de Sergio mezclados con la tensión que había pasado en las últimas horas, la seguridad que había sentido al tenerlo a su lado, el alivio que había experimentado cuando el médico había dicho que todo iba bien, la tristeza de haber comprobado que Sergio no la veía más que como una «responsabilidad», la impotencia de querer mucho más y saber que no era posible.

Su mirada se oscureció y se humedeció los labios, repentinamente secos. Sergio la estaba mirando y ella se sentía paralizada en la silla que ocupaba en la cocina, incapaz de mover un músculo. Pero su corazón sí se estaba moviendo. Era lo único que se movía en aquellos momentos en su cuerpo, y lo estaba haciendo con tal fuerza que temió desmayarse.

—No... –murmuró Sergio.

Susie parpadeó para salir de su trance.

—¿No qué?

—No me mires así.

—¿Cómo?

—Como si me estuvieras haciendo una invitación. Estás cansada. Ambos estamos agotados después de esta noche.

—Lo que significa que es hora de que te marches –replicó Susie, enfadada consigo misma por haber estado a punto de caer en lo que habría sido un error realmente estúpido.

Forzó una sonrisa que pareció bastar para romper la tensión del momento y se levantó para acompañar a Sergio a la puerta.

¿Qué habría sucedido si hubiera cedido a lo que su cuerpo deseaba, si hubiera dado un paso hacia Sergio y hubiera apoyado una mano en su pecho, si se hubiera quitado el jersey, la camiseta y el sujetador para permitir que deslizara la lengua por sus sensibilizados pezones? Sabía que Sergio habría respondido. Había captado el destello del deseo en su mirada. Probablemente estaba excitado porque llevaba tiempo sin disfrutar del sexo, o tal vez sentía curiosidad por mantener relaciones con una mujer embarazada de su hijo, pero habría respondido...

Pero por la mañana se le habría pasado la excitación, y la curiosidad... ¿y dónde los habría dejado aquello?

A pesar de que su mente era un auténtico remolino, se escuchó a sí misma hablando en un tono normal mientras acompañaba a Sergio al vestíbulo. Cuando cerró la puerta a sus espaldas tuvo que apoyarse de espaldas contra esta para permitirse respirar.

Finalmente se encaminó hacia su dormitorio mientras se preguntaba cómo iba a arreglárselas para superar el siguiente par de meses.

Capítulo 10

CREO que he sentido algo...

Sergio apartó la mirada del informe que estaba revisando en el ordenador. A veces le costaba creer que era el mismo hombre que había salido y se había acostado con las mujeres que había querido, el mismo cuya vida había estado totalmente centrada en el trabajo y en la estimulante actividad de ganar dinero. El mismo hombre que solía disfrutar a lo grande de la libertad que suponía vivir exclusivamente para sí mismo.

Ya hacía siete semanas que se había trasladado a vivir con Susie, periodo en el que habían llegado a establecer una rutina nacida de la necesidad. Vivían en una especie de burbuja en la que funcionaban como pareja por el bien de su bebé. Pero las burbujas solían acabar estallando.

—No es nada –añadió Susie.

—Te estás convirtiendo en la reina de las falsas alarmas –tras cerrar su ordenador, Sergio se levantó y se estiró.

Susie sintió que se le secaba la boca mientras lo contemplaba y apartó rápidamente la mirada del fragmento de la tentadora y morena piel que había quedado expuesta cuando se le había salido la camisa de la cintura del pantalón.

–Lo sé –dijo con un suspiro–. Cada vez que siento algo creo que estoy a punto de ponerme de parto, aunque la matrona me ha dicho ya muchas veces que solo estaré de parto cuando pueda cronometrar las contracciones.

–Es normal que te sientas así, sobre todo teniendo en cuenta que el bebé podría nacer cualquier día de estos.

–Lo sé. Todo ha pasado tan rápido...

Susie volvió la mirada hacia le ventana. Fuera era noche cerrada. Habían cenado, la cocina estaba recogida y en unos minutos subiría a su dormitorio a pasar la noche mientras Sergio se quedaba en la sala de estar, trabajando.

Se humedeció los labios y dejó a un lado el cuaderno de bocetos que tenía en el regazo.

–Yo... ir... –carraspeó y miró de nuevo a Sergio–. Nunca te he dado las gracias por lo bien que has llevado este asunto y lo correcto y decente que has sido conmigo. Tu vida se ha vuelto patas arriba –añadió con una sonrisa–. No puedo creer que esta sea la primera vez que hablamos sobre esto...

Sergio se acercó a una silla que había frente a Susie y la ocupó.

–Quizá ha llegado el momento de airear algunas cosas.

–Sé que piensas que necesitaba que me vigilaran desde el susto que nos hizo acudir al hospital, pero no es así.

–No puedes culparme por haberme sentido preocupado. A fin de cuentas llevas un hijo mío dentro.

Susie suspiró y se pasó una mano por el pelo.

–Supongo que este es un momento tan bueno como cualquier otro para decidir qué... qué va a pasar cuando nazca el bebé. Tenemos que hablar de ello, porque vamos a tener que tomar muchas decisiones.

–Así es.

–Para empezar, tu debes seguir con tu vida, una vida que lleva un tiempo esperándote ahí fuera.

–¿Qué te hace pensar que conoces la clase de vida que me está esperando ahí fuera?

–Siento que has tenido que dejar tu vida real en suspenso para trasladarte aquí conmigo. Ha sido un auténtico sacrificio.

–¿Para ti, o para mí?

–Para... los dos.

¿Pero desde cuándo era un sacrificio vivir con el hombre al que una amaba, el hombre que la estaba cuidando durante su embarazo?, se preguntó Susie. ¿Qué mujer embarazada no quería ser tratada como una pieza de porcelana?

La expresión de Sergio se ensombreció. Se preguntó cuándo se habían transformado sus prioridades y le asombró no haber sido consciente del cambio que había experimentado. De pronto se sintió como si acabara de despejarse una densa niebla y se encontrara al borde de un precipicio.

–¿Y piensas que ha merecido la pena tenerme de compañía?

–Ha resultado muy reconfortante.

–¿Es eso todo lo que tienes que decir sobre el tema?

–¿Qué otra cosa puedo decir? –exclamó Susie, lamentando haber iniciado aquella conversación y enfadada con Sergio por estar haciendo aquellas preguntas sin sentido–. ¿Quieres que te conceda una medalla por haber utilizado tu tiempo para tenerme controlada y asegurarte de que no le pase nada al bebé?

–No busco medallas –replicó Sergio, pensando que tal vez aquel no era el momento adecuado para mantener aquella conversación–. Y lo último que he pretendido ha sido crearte más tensión.

–No estoy tensa.

Susie respiró lenta y profundamente para tratar de alejar la neblina de tristeza que amenazaba con adueñarse de ella. No quería pensar en lo que iba a pasar al día siguiente, o la semana siguiente, o al final del mes. Quería disfrutar del presente, simular que ese presente iba a convertirse en un futuro. Quería seguir siendo una cobarde un rato más.

–Y no hace falta que seas tan amable conmigo, Sergio –continuó–. No voy a desmoronarme solo porque quieras hablar de lo que sucederá cuando el bebé esté aquí. Cuando te marches de aquí para seguir adelante con tu vida, podrás venir a ver al bebé siempre que quieras. Bastará con que me avises. Sé que tú has comprado esta casa, y que ahora mismo tienes una llave, pero espero que me la devuelvas cuando te vayas. Y también estoy segura de que podremos llegar a un acuerdo razonable desde el punto de vista financiero. Mi trabajo de ilustradora va a ser cada más estable, y con el paso del tiempo seré cada vez más independiente.

Sergio se limitó a asentir. Las palabras de Susie estaban flotando en torno a su cabeza sin que su cerebro las registrara realmente. Estaba contemplando un abismo ante sí y por primera vez en su vida se sentía paralizado. ¿Cómo era posible que no se hubiera dado cuenta de cómo se estaba abriendo la tierra bajo sus pies? Nunca en su vida había perdido la perspectiva, pero sí lo había hecho con Susie.

–Y así podrás seguir con tu ajetreada vida –continuó Susie–. No sé... ¿quieres que firme algo?

–¿Mi ajetreada vida?

–Ganar dinero, dirigir tu imperio, ser un tiburón en el mundo de los negocios...

–¿Y no te parece que últimamente me he retirado bastante de esa vida?

–Sí, pero yo no te he obligado a...

–¿He dicho yo que lo hayas hecho?

–No, pero...

–¿Se te ha ocurrido pensar alguna vez que a lo mejor he querido hacerlo?

–Sí, por el bien del bebé –dijo Susie rápidamente, antes de que su corazón tuviera tiempo de acelerar sus latidos y antes de que su cabeza comenzara a construir castillos en el aire.

–El amor llega con muchas esperanzas y amargas decepciones...

–Ya sé que eso es lo que sientes sobre el amor –interrumpió Susie.

–O eso pensaba –Sergio se pasó una mano por el pelo en un gesto mezcla de frustración y nervios–. Mi padre disfrutó de un largo y exitoso matrimonio con mi madre, y sin embargo fue un matrimonio concertado. Cuando se lanzó de cabeza al amor se estrelló y se quemó.

–Es posible que su matrimonio fuera concertado, ¿pero se te ha ocurrido pensar alguna vez que acabó enamorándose de tu madre, que lo que sintió por su segunda esposa no fue verdadero amor, sino una manera de huir de su soledad? Tu padre se sentía débil y se coló por una bonita mujer que supo manipularlo. Eso sucede a menudo, pero no es amor.

—He estado pensando, y por primera vez...

Sergio había pensado por primera vez en sus padres, había recordado cómo se habían comportado el uno con el otro y había acabado por comprender que lo que comenzó siendo un matrimonio concertado se había transformado en auténtico amor. Siempre había considerado que los matrimonios concertados eran los únicos que tenían posibilidades de durar y que los matrimonios basados en las emociones acababan por convertirse en una pesadilla. Y aquello había afectado a su forma de ver las relaciones.

—¿Por primera vez...? —repitió Susie, animándolo a seguir.

—La situación que hay entre nosotros no va a funcionar, Susie —dijo Sergio con aspereza. Además de sentirse al borde de un abismo, era consciente de que estaba a punto de saltar... fueran cuales fuesen las consecuencias—. Tú no quieres casarte conmigo; ves esa posibilidad como una especie de sacrificio inaceptable, que acabaría convirtiéndonos en una pareja triste y resentida.

—Echarías de menos tu libertad —Susie bajó la mirada mientras sus pensamientos salían lanzados en mil direcciones distintas.

—Te echaría aún más de menos a ti —replicó Sergio de inmediato—. Tú y yo funcionamos. Te reto a que lo niegues. Podemos convivir. Y encima sin sexo.

—¿Qué... qué quieres decir?

—No quiero tenerte a medias cuando nazca el bebé. Piensa en ello. Piensa en lo que tenemos. Esta no es una relación destinada al fracaso debido al hecho de que ha sido generada por tu embarazo. Puede que haya sido el destino. Nunca he creído demasiado en esas paparruchadas, pero últimamente me las estoy planteando. El destino nos reunió y ha conspirado para mantenernos unidos... y eso es lo que quiero. Estar contigo. Estar contigo y con el bebé.

—No entiendo... —murmuró Susie, porque faltaban dos palabras muy importantes que necesitaba escuchar.

—Nunca me has visto como la clase de hombre capaz de tener una relación a largo plazo... pero podría serlo. Piensa en ello. Desde que me he trasladado a vivir aquí no hemos tenido ni una sola discusión. Además, mi presencia ha sido útil. Tienes que tener en cuenta esas dos cosas cuando decidas que no soy el hombre adecuado para ti. Puedes fantasear con algún tipo con pendiente y cola de caballo capaz de cocinar quiche, ¿pero de verdad crees que ese sería el hombre para ti?

—Tal vez, si me quisiera...

—Nadie podría quererte tanto como yo. Nadie.

—¿Me quieres? No es verdad. Tú no crees en el amor.

Incapaz de mantenerse más tiempo alejado de ella, Sergio aprovechó el desconcierto de Susie para sentarse junto a ella en el sofá. Si necesitaba abrumarla con su cercanía física, que así fuera. Estaba dispuesto a utilizar cualquier treta.

–No creía en el amor –murmuró–, pero nadie está en lo cierto todo el tiempo. Ni siquiera yo.

–Eso sí que me ha conmocionado –el corazón de Susie estaba latiendo tan deprisa que apenas podía respirar–. Pensaba que tú eras el tipo que nunca se equivocaba.

–Vas a casarte conmigo –ordenó Sergio con voz temblorosa–. ¿Verdad?

Susie lo atrajo hacia sí y lo besó con toda la pasión que había acumulando durante aquellos largos meses, la pasión que había permanecido oculta bajo la superficie, dispuesta a saltar en cualquier momento para hacerse cargo de la situación.

–¡Me quieres! Por supuesto que voy a casarme contigo. Te amo hace tanto tiempo... pero jamás pensé que pudieras llegar a corresponderme... y me asustaba la idea de acostumbrarme a tenerte cerca. Tú no te creías capaz de enamorarte y yo siempre he sabido que podía... pero no esperaba que fuera de alguien como tú...

–Creo estar captando un montón de cumplidos increíbles en tus palabras –dijo Sergio con voz ronca.

Deslizó una mano bajo el jersey de Susie y acarició con ternura sus pechos, sus pezones, pero no fue más allá. Tenían toda una vida por delante para disfrutar el uno del otro.

Se estremeció al pensar que podrían no haberse conocido, que Susie podría haberse ido aquel día con el tipo del jersey amarillo.

–Así es –susurró Susie–. Y deberías saber algo más.

–¿Qué?

–Que he sentido dos contracciones... y estas son las auténticas.

Georgina Louise Francesca Burzi llegó al mundo tras un parto sin complicaciones. De mejillas rosadas, con una mata de pelo negro y las mismas pestañas increíbles de su padre, fue considerada por todos los que fueron a visitarla como el bebé más precioso del planeta.

Louise Sadler, loca de contenta con la inminente boda, estaba feliz de haberse convertido en abuela.

–Y deja que yo me ocupe de la boda –añadió en voz baja mientras mantenía una atenta mirada en su marido, que tenía en aquellos momentos a la pequeña en brazos y trataba de simular sentirse muy cómodo–. Sugiero una ceremonia íntima y exquisita... con énfasis en lo de exquisita. Las celebraciones demasiado aparatosas pueden resultar un tanto chabacanas.

Susie estaba más que feliz de seguir la corriente a su madre, sobre todo después de haberse dado cuenta de cuánto había madurado durante aquellos meses. Ya no sentía que tenía que demostrar nada a nadie de su familia. La querían tal como era...

Y lo mismo le sucedía a Sergio, que no se cansaba de repetirle cuánto la amaba.

Cuando las visitas se fueron y se quedaron a solas en su acogedora casa, Susie enlazó su mano con la de Sergio y recibió con un suspiro de satisfacción el beso que este le dio en el cuello. Georgie dormía en la cuna que había junto al sofá y sus suaves ronquidos eran lo único que alteraba el agradable silencio que los rodeaba.

Iban a disfrutar de su luna de miel tres meses después... con bebé y todo.

Susie apoyó la cabeza en el hombro de Sergio y luego volvió el rostro y sonrió antes de besarlo con delicadeza en los labios. Fue un beso dulce, largo, que expresó más de lo que las palabras eran capaces de expresar.

Te amo... Te deseo... Te necesito... y siempre será así.

PARTE DE MÍ

CAT SCHIELD

El millonario Blake Ford disponía de tan solo un verano para conseguir lo que se proponía. Había elegido a Bella McAndrews, una hermosa mujer criada en el campo, como madre de alquiler para su hijo, y unos meses después la convenció para que trabajase para él como niñera. Así solo era cuestión de tiempo alcanzar su verdadero deseo: hacerla su mujer. Blake sabía que su hijo merecía el amor de una madre y estaba decidido a conseguir también para él el amor de Bella… hasta que un oscuro secreto del pasado quedó desvelado, poniéndolo todo patas arriba.

¿Acabaría siendo su esposa?

¡YA EN TU PUNTO DE VENTA!

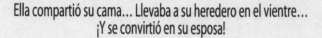

**Ella compartió su cama… Llevaba a su heredero en el vientre…
¡Y se convirtió en su esposa!**

Quizá fuera el padre de Charity Wyatt quien robó a Rocco Amari, el magnate, pero
fue Charity quien tuvo que
pagar por ello.
A Charity le habría bastado
con entregar su virginidad
para pagar la deuda, pero la
noche apasionada que pasó
con el enigmático italiano
tuvo consecuencias inesperadas.
Decidida a que su hijo tuviera una infancia mejor de la
que ella tuvo, Charity le pidió
a Rocco que la ayudara económicamente. Sin embargo,
Rocco tenía otros planes en
mente: ¡legitimar a su heredero convirtiendo a Charity
en su esposa!

Culpable de quererte

Maisey Yates